流水回头

——南水北调工程开工建设

张学亮 编写

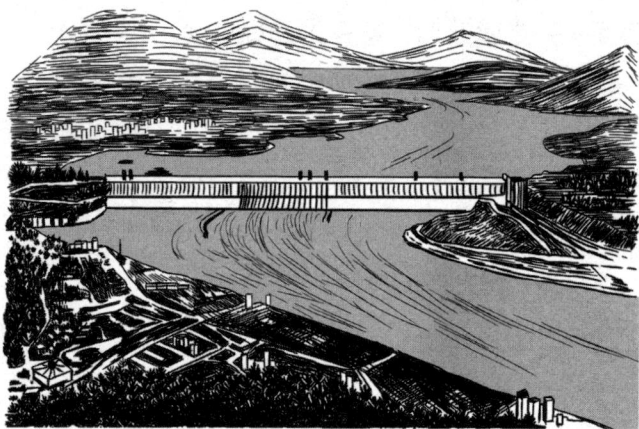

吉林出版集团股份有限公司

图书在版编目（CIP）数据

流水回头：南水北调工程开工建设/张学亮编. —

长春：吉林出版集团股份有限公司，2009.12

（共和国故事）

ISBN 978-7-5463-1812-7

Ⅰ．①流… Ⅱ．①张… Ⅲ．①纪实文学 – 中国 – 当代 Ⅳ．①I25

中国版本图书馆 CIP 数据核字（2009）第 236789 号

流水回头——南水北调工程开工建设

LIUSHUI HUITOU　　NANSHUI BEIDIAO GONGCHENG KAIGONG JIANSHE

编写　张学亮

责任编辑　祖航　宋巧玲

出版发行　吉林出版集团股份有限公司

印刷　三河市嵩川印刷有限公司

版次　2010 年 1 月第 1 版　　　　2022 年 1 月第 10 次印刷

开本　710mm×1000mm　1/16　　　印张　8　字数　69 千

书号　ISBN 978-7-5463-1812-7　　定价　29.80 元

社址　吉林省长春市福祉大路 5788 号

电话　0431 – 81629968

电子邮箱　tuzi8818@126.com

版权所有　翻印必究

如有印装质量问题，请寄本社退换

前　言

　　自 1949 年 10 月 1 日中华人民共和国成立至今,新中国已走过了 60 年的风雨历程。历史是一面镜子,我们可以从多视角、多侧面对其进行解读。然而有一点是可以肯定的,那就是,半个多世纪以来,在中国共产党的领导下,中国的政治、经济、军事、外交、文化、教育、科技、社会、民生等领域,都发生了深刻的变化,中国人民站起来了,中华民族已屹立于世界民族之林。

　　60 年是短暂的,但这 60 年带给中国的却是极不平凡的。60 年的神州大地经历了沧桑巨变。从开国大典到 60 年国庆盛典,从经济战线上的三大战役到经济总量居世界第三位,从对农业、手工业、资本主义工商业的三大改造到社会主义市场经济体制的基本确立,从宜将剩勇追穷寇到建立了强大的国防军,从废除一切不平等条约到独立自主的和平外交政策,从"双百"方针到体制改革后的文化事业欣欣向荣,从扫除文盲到实施科教兴国战略建设新型国家,从翻身解放到实现小康社会,凡此种种,中国人民在每个领域无不留下发展的足迹,写就不朽的诗篇。

　　60 年的时间在历史的长河中可谓沧海一粟。其间究竟发生了些什么,怎样发生的,过程怎样,结果如何,却非人人都清楚知道的。对此,亲身经历者或可鲜活如昨,但对后来者来说却可能只是一个概念，对某段历史的记忆影像或不存在，或是模糊的。基于此，为了让年轻人，特别是青少年永远铭记共和国这段不朽的历史，我们推出了这套《共和国故事》。

《共和国故事》虽为故事，但却与戏说无关，我们不过是想借助通俗、富于感染力的文字记录这段历史。在丛书的谋篇布局上，我们尽量选取各个时代具有代表性或深具普遍意义的若干事件加以叙述，使其能反映共和国发展的全景和脉络。为了使题目的设置不至于因大而空，我们着眼于每一重大历史事件的缘起、过程、结局、时间、地点、人物等，抓住点滴和些许小事，力求通透。

历史是复杂的，事态的发展因素也是多方面的。由于叙述者的视角、文化构成不同，对事件的认知或有不足，但这不会影响我们对整个历史事件的判断和思考，至于它能否清晰地表达出我们编辑这套书的本意，那只能交给读者去评判了。

这套丛书可谓是一部书写红色记忆的读物，它对于了解共和国的历史、中国共产党的英明领导和中国人民的伟大实践都是不可或缺的。同时，这套丛书又是一套普及性读物，既针对重点阅读人群，也适宜在全民中推广。相信它必将在我国开展的全民阅读活动中发挥大的作用，成为装备中小学图书馆、农家书屋、社区书屋、机关及企事业单位职工图书室、连队图书室等的重点选择对象。

编　者

2010 年 1 月

目录

目
录

一、 决策规划

● 毛泽东说："南方水多，北方水少，如有可能，借点水来也是可以的。"

● 邓小平说："长江中下游是鱼米之乡，物产丰富，一定要注意保护好环境。"

● 江泽民强调："……坚持从长计议，全面考虑，科学选比，周密计划，合理安排水利工程……"

毛泽东提出南水北调构想

1952 年 10 月 30 日，毛泽东出京巡视。这是中华人民共和国成立后毛泽东第一次出游，他选择了被中华民族视为"母亲河"的黄河。

在河南郑州黄河边的邙山，黄河水利委员会主任王化云汇报了黄河的治理情况，并提出了一个从长江引水补充黄河的构想。

毛泽东自上而下望着滔滔的黄河，他略作沉吟，忽然说：

南方水多，北方水少，借一点来是可以的。

南水北调这个宏大的战略构想就这样被提了出来。

王化云意识到，毛泽东提出的"南方北方"超出了长江、黄河的范畴，也超出了他自己的设想。于是，他说："长江水量充足，北方借水，长江不可替代。"

毛泽东听后笑着说："没想到你王化云还是个踢皮球的高手，一下把这个球踢给'长江王'了。"毛泽东提到的"长江王"指的是长江水利委员会主任林一山。

1953 年 2 月 19 日，在一个春寒料峭的早晨，毛泽东从武汉军用码头登上"长江号"军舰，顺江东去南京。

军舰离开码头时，林一山奉命登舰。

毛泽东找到林一山，主要是了解长江治理的问题。

在与林一山着重探讨了长江三峡水利枢纽工程的建设构想之后，毛泽东又提到调水问题。他说："南方水多，北方水少，能不能借点给北方？这个问题你研究过没有？"

那时的长江水利委员会主要精力放在根治长江水患和三峡论证上，毛泽东忽然提出这个问题，林一山没有丝毫准备。他说："没有考虑过。"

毛泽东显然已经考虑了很久，他站在一幅地图前，手拿红铅笔，笔尖稍稍悬空指点着祖国江山，逐个提出他设想的引水地点。

毛泽东最先提出的是位于西北高原的白龙江。红军长征时曾经通过此地，毛泽东对其水量的印象十分深刻。

但是，林一山回答说："白龙江发源于秦岭，向东南流向四川盆地，越向下游地势越低，离北方也越远，很难穿过秦岭把水引向北方，因此引水的价值不大。"

毛泽东听后点点头。

之后，毛泽东就像他曾经指挥众多战役一样，他的红铅笔先后画过了嘉陵江、西汉水，直到铅笔指向了汉江。

这时，林一山说："汉江有可能。汉江上游和渭河、黄河平行向东流，中间只有秦岭、伏牛山之隔，它自西而东，越到下游水量越大，而引水工程量反而越小。这就有可能找到一个合适的地点来兴建引水工程，让汉江水通过黄河引向华北。"

听林一山这么一说，毛泽东顿时为之一振。他用铅笔沿着汉江的曲线画了许多杠杠。当他的铅笔指向丹江汇入汉江的丹江口时，他突然画了一个圆圈，问道："这地方行不行？"

林一山脱口而出："这里可能性最大，也可能是最好的引水线路。"

毛泽东笔端停留在丹江口，这正中林一山下怀。

在此之前，长江水利委员会从汉江防洪和水资源综合利用的目的出发，已做了大量前期工作，并基本确认兴建丹江口水利枢纽，这是开发汉江的最佳工程方案。不过，由于规划尚未完成，还没有向中央汇报过。

经毛泽东一提醒，林一山马上意识到：丹江口水利枢纽将来很可能成为南水北调的水源地。

毛泽东兴致勃勃地问："这是为什么？"

林一山回答说："汉江再往下，流向转向南北，河谷变宽，没有高山，缺少兴建高坝的条件，向北方引水也就无从谈起。"

得到林一山肯定的回答，毛泽东高兴地说："你回去以后立即派人勘查，一有资料就即刻给我写信。"

军舰快到南京时，毛泽东又一次对林一山说："三峡问题暂时不考虑开工，我只是先摸个底，但南水北调工作要抓紧。"

在党和国家主要领导人的亲切关怀下，1952 至 1957 年，黄河水利委员会提出了由通天河引水到黄河源的方案；长江水利委员会研究了从汉江丹江口引水济淮、济黄方案，同时还研究了自三峡引水至丹江口方案，从长江下游沿大运河调水方案及巢湖引水方案。

1958 年 3 月 14 日，在成都召开的政治局扩大会议上，毛泽东提出：

打开通天河、白龙江，借长江水济黄，丹江口引汉济黄、引黄济卫，同北京连起来。

中共中央正式决定动工兴建汉江丹江口水利枢纽，作为南水北调的水源地。

同年 8 月 17 日，在河北省秦皇岛的北戴河，中共中央政治局召开扩大会议。

中央政治局委员，各省、自治区、直辖市党委第一书记以及政府各有关部门党组负责人参加会议。

这次会议主要讨论 1959 年国民经济计划以及当前工业、农业、农村工作和商业工作、教育工作和加强民兵工作等问题。

在这次会上，通过并发出了《关于水利工作的指示》，并明确指出：

除了各地区进行的规划工作外，全国范围

的较长远的水利规划，首先是以南水（主要指长江水系）北调为主要目的地，即将江、淮、河、汉、海各流域联系为统一的水利系统规划。

这是"南水北调"一词第一次正式出现在中央的正式文件中。

1958 年 9 月，水电部批准丹江口水利枢纽初步设计任务时，明确了引汉灌溉唐白河流域和引汉济黄济淮的任务。

在 1959 年的《长江流域综合利用规划要点报告》中，中央又提出了南水北调总的布局从长江上、中、下游分别调水。中线工程当时从汉江丹江口水库引水，远景从长江干流调水。

邓小平视察丹江口水利枢纽

1980 年 7 月 11 日，邓小平乘坐"东方红 32 号"轮，从重庆出发，顺长江而下。

长江三峡两岸风光秀丽，山高岭峻，江水湍急，有许多的名胜古迹、历史传说。

一路上，陪同邓小平到长江三峡实地考察的湖北省委第一书记陈丕显、四川省省长鲁大东、长江流域规划办公室副主任魏廷铮等人，不时地指点两岸的高山峻岭、名胜古迹和城邑村落，向邓小平讲解着一个个暗礁险滩的成因与沧桑。

邓小平边听边看边想，此时，萦绕他心际的是关系子孙后代幸福的一件大事，即三峡工程。

兴建这样一项举世瞩目的水利枢纽工程，不仅要考虑到国家的经济承受能力，还要考虑到整个长江流域的航运、环境、生态、地质，以及未来战争的破坏等诸方面的复杂因素。

因而，围绕着三峡工程是否能上马，国内、国际的有关专家学者纷纷发表意见，陈述利弊，争论之声一直没有停止。

作为现代化建设的总设计师，邓小平多次听取了各方面专家和有关负责人对三峡工程的论证和意见。

这次视察三峡，邓小平一上船，就十分关切地询问陪同考察的老水利专家、长江流域规划办公室副主任魏廷铮。

邓小平说："有人说三峡水库修建以后，通过水库下来的水变冷了，长江下游连水稻和棉花也不长了，鱼也没有了。究竟有没有这回事？"

魏廷铮回答说：

不会有这样的影响。

第一，三峡水库按200米正常蓄水位，比原来河道面积只增加1000多平方公里，对气候影响不大，不会有明显改变。

第二，水库水温呈垂直分布，长江流量大，可以调节。

从已建成的丹江口水库的经验来看，丹江口水库修起来以后，汉江中下游解除了水患，粮食、棉花连年丰收，汉江的鱼产量也并没有减少。

如果说影响，就是水库蓄水之后，上游冲下来的饵料相对减少了一点。

魏廷铮接着解释说：

长江通过水库下泄的水量，年平均为4510

亿立方米，而三峡水库的库容，只有年过水量的 8%。

江水会不断进行交换，水温变化不大，不影响农业和渔业。

汉江上的丹江口水库，年过水量为 380 亿立方米，而水库库容为年过水量的 50%，因而水库蓄水后，水体交换时间较长。

即使如此，经水库下泄的水，温度较建库前变化也不大，汉江中下游的水稻、棉花都长得很好，对渔业影响并不大。

"噢，是这么回事啊！"邓小平点点头。

邓小平说："长江中下游是鱼米之乡，物产丰富，一定要注意保护好环境。"

7 月 22 日，邓小平一行视察了丹江口水利枢纽，详细询问了南水北调工程的情况。

10 月 3 日至 11 月 3 日，根据中国科学院和联合国大学协议，联合国大学比斯瓦斯博士等 8 位专家，联合国一位官员，中国水利部、高等院校、科研部门的专家、教授、工程技术人员共 60 多人，对南水北调中线和东线进行了考察，并在北京举行了学术讨论会。

专家们经过考察和讨论，认为南水北调中线和东线工程技术上可行。

联合国专家建议，在经济和环境方面补充研究南水北调的问题。

1982 年 2 月，国务院批转《治淮会议纪要》，提出在淮河治理中开展南水北调工程的任务，并把调水入南四湖的规划列入治淮 10 年规划设想。

1983 年 3 月 28 日，国务院以［83］国办函字 29 号文，将《关于抓紧进行南水北调东线第一期工程有关工作的通知》发给国家计委、国家经委、水电部、交通部，江苏、安徽、山东、河北省人民政府，天津、北京和上海市人民政府。

1985 年 3 月 11 日至 12 日，由万里、李鹏主持召开治淮会议，对南水北调东线工程进行讨论。

会议纪要指出：

由于种种原因，东线第一期工程设计任务书提出的时间推迟了，现应抓紧。会议基本同意治淮委员会提出的该工程设计任务书，由水电部报国家计委审批。

1988 年 6 月 9 日，国务院总理李鹏对国家计委的报告进行批示：

同意国家计委的报告，南水北调必须以解决京津华北用水为主要目标，按照谁受益、谁投资的原则，由中央和地方共同负担。

11 月，国务院副总理邹家华视察丹江口水利枢纽，并了解丹江口水库引水至华北的规划。

陪同邹家华查勘的有湖北省省长郭树言，水利部部长杨振怀、副部长张春园以及长江水利委员会魏廷铮主任等负责同志。

邹家华为南水北调工程题词：

开发汉江，造福人民。

江泽民召开治黄座谈会

1991年3月25日至4月9日，第七届全国人民代表大会第四次会议在北京召开。这次大会中心议题是审议国民经济和社会发展十年规划和"八五"计划纲要。

出席这次会议的代表共2955人。

李鹏就这一纲要作了《关于国民经济和社会发展十年规划和第八个五年计划纲要的报告》。

这次会议通过了《国民经济和社会发展十年规划和第八个五年计划纲要》。

"纲要"中明确提出：

"八五"期间要开工建设南水北调工程。

1992年，江泽民提出要抓紧南水北调等跨世纪特大工程的兴建，南水北调的实施被提上国家议事日程。

1992年10月12日，江泽民在中国共产党第十四次全国代表大会上的报告中说：

集中必要的力量，高质量、高效率地建设一批重点骨干工程，抓紧长江三峡水利枢纽、南水北调、西煤东运新铁路通道等跨世纪特大工程的兴建。

1995 年 6 月 6 日，李鹏主持召开国务院第七十一次总理办公会议，研究南水北调问题。

1996 年 3 月，根据 1995 年国务院第七十一次总理办公会议研究南水北调问题会议纪要的精神，经国务院领导同志批准，成立南水北调工程审查委员会。

由邹家华任审查委员会主任，姜春云副总理、国务委员陈俊生、全国政协钱正英副主席任审查委员会副主任，何椿霖、陈锦华、甘子玉、叶青、钮茂生、陈耀邦等任常务委员。

委员由中央和国务院有关部委，科研设计、咨询单位，大学，南水北调工程规划责任单位淮河、长江、黄河水利委员会，以及北京、天津、河北、河南、湖北、陕西、山东和江苏八省市主管副省市长、计委和水利厅局负责同志组成，共 86 人。

另聘专家 40 余人参加专题审查工作。

1999 年 5 月 25 日至 30 日，江泽民到湖北省调研时，视察了南水北调水源区的丹江口。

6 月，江泽民在郑州主持召开黄河治理开发工作座谈会。

中共中央政治局委员、国务院副总理、国家防汛抗旱总指挥部总指挥温家宝出席座谈会。

在座谈会上，黄河水利委员会主任鄂竟平、河南省

委书记马忠臣、山东省省长李春亭、济南军区司令员钱国梁先后发言，汇报了黄河治理开发和防汛工作的情况。

江泽民在听取了大家的发言后发表了重要讲话。

在谈到黄河的治理开发时，江泽民强调：

> 必须深入调查，加强研究，积极探索在新形势、新情况下治理开发黄河的路子。总的原则是：黄河的治理开发要兼顾防洪、水资源合理利用和生态环境建设三个方面，把治理开发与环境保护和资源的持续利用紧密结合起来，坚持兴利除害结合，开源节流并重，防洪抗旱并举；坚持涵养水源、节约用水、防止水污染相结合；坚持以改善生态环境为根本，以节水为关键，进行综合治理；坚持从长计议，全面考虑，科学选比，周密计划，合理安排水利工程。要制定黄河治理开发的近期目标和中长期目标，全面部署，重点规划，统筹安排，分步推进，以实现经济建设与人口、资源、环境的协调发展。

在谈到防洪问题时，江泽民说，要加强堤防建设、河道整治、水土保持、水库与滞洪区安全建设等措施。力争到21世纪中叶，基本解除洪水威胁，谋求黄河长治久安。

在谈到水资源问题时，江泽民说，要把节约用水作为一项紧迫的首要任务抓紧抓好。关键是要大力发展节水农业，改变大面积漫灌的粗放式耕作方法，实现农业的集约式发展。工业等其他事业的举办，也要坚持贯彻节水的方针。

在谈到生态环境问题时，江泽民说，生态工程建设要同国土整治、综合开发和区域经济发展相结合。黄河上游的水土保持，要调动各方面的积极因素，采取工程、生物和耕作措施，进行综合治理。

江泽民在讲话中强调，高度重视运用科学技术，特别是高新技术，是搞好黄河治理开发的一个关键环节。

江泽民说，黄河治理开发，要注重全河统筹，要坚持依法治水的原则，研究制定有关法规，依法调整和规范黄河治理开发与管理工作中各方面的关系，统一规划、统一管理水资源，严格监督执法。

江泽民要求黄河水利委员会加强防洪工程的建设和维护管理，当好各级党政领导的防汛指挥参谋，做好抗洪抢险的技术指导。水文与气象部门要认真做好雨情、水情的测报预报工作。人民解放军和武警部队在需要时要一如既往地发挥突击队的作用，勇于担起急、难、险、重任务，军民团结，全力以赴。

出席座谈会的还有中共中央政治局委员、山东省委书记吴官正，中央军委委员、总政治部副主任王瑞林，有关方面负责人王刚、滕文生、华建敏、傅志寰、汪恕诚、刘江、由喜贵、王沪宁、贾廷安和河南省省长李克强等。

中央批准南水北调规划

2000 年 9 月 6 日、27 日，国务院召开专题办公会，国务院总理朱镕基听取了水利部南水北调有关问题的汇报。

李岚清、温家宝、王忠禹等国务院领导和中财办、国家计委、经贸委、科技部、财政部、国土资源部、建设部、交通部、农业部、环保总局、国研室、气象局、中咨公司等单位领导参加会议，并邀请了钱正英、张光斗、潘家铮、何璟、徐乾清、朱尔明、陈志恺等专家参加办公会。

在办公会上，朱镕基指出：

南水北调工程是解决我国北方水资源严重短缺问题的特大型基础设施项目。根据党的十五届五中全会通过的关于制定"十五"计划建议，要加紧南水北调工程的前期工作，尽早开工建设。

朱镕基强调：

必须正确认识和处理实施南水北调工程同

节水、治理水污染和保护生态环境的关系，务必做到先节水后调水、先治污后通水、先环保后用水，南水北调工程的规划和实施要建立在节水、治污和生态环境保护的基础上。

水利部部长汪恕诚、中国国际工程咨询公司董事长屠由瑞、国家计委副主任刘江就南水北调中的有关问题进行了汇报。

两院院士、著名水利专家、清华大学原副校长张光斗，水利部副部长何璟，两院院士、中国工程院副院长潘家铮，长江水利委员会主任黎安田，黄河水利委员会主任鄂竟平，淮河水利委员会主任宁远等专家在会议上发了言。

他们一致认为，南水北调工程势在必行，应尽快开工建设，并对南水北调工程的总体布局、建设原则、实施步骤，以及需要注意解决的一些重要问题，发表了许多很好的意见。

温家宝也在办公会上强调：

> 生态问题还要论证，不能讲得太满。特别是中线的生态问题，东线的生态问题还不是很大，西线还提不到议事日程。中线对汉江地区的气候、生态都有什么影响，还要论证。

温家宝又说：

> 移民是个难题。丹江口水库的移民数字不小。现在不光要考虑现有人口，还要考虑其子孙怎么办。移民问题经常论证的只是现在人口解决了没有，而没有论证子孙后代解决了没有。移民问题要论证子孙后代问题，也就是要有基本生产资料。

会议将中线工程的实施方案进行了较大的调整。水利部汇报时提出，中线工程多年平均调水宜为130亿至140亿立方米，推荐在丹江口水库大坝加高的基础上，对中线工程分两期建设，逐步推出调水规模的方案。这是一个接近最终方案的方案。

10月24日，水利部副部长、国务院南水北调办公室主任张基尧进一步考察中线工程，在与湖北省就中线工程有关问题进行座谈后，他发表了语重心长的讲话。

张基尧说：

> 改革开放20年来，特别是"九五"计划以来，我国的综合国力有了很大提高，已经具备了建设南水北调工程的经济技术与社会条件。
>
> 现在，水利部与各方面的意见已经趋于一致。所以，各方面应该求大同、存小异，共同

努力把中线工程尽早促上去。

2000年12月，国家计委、水利部在京联合召开南水北调工程前期工作座谈会。

水利部部长汪恕诚在大会发言中讲了三个问题。一是实施远距离跨流域调水是21世纪中水利一大特点；二是南水北调工程是最大的水资源配置工程，应成为调水工程成功的典范；三是要齐心协力，紧密配合，力争南水北调早日开工建设。

汪恕诚强调：

> 尽快开工建设是大局。各省市既是南水北调工程的受益者，更是工程的主人，一定要顾全大局……

2001年9月4日至6日，温家宝考察南水北调东线工程。

温家宝说：

> 南水北调工程是涉及全局的复杂的系统工程，对于这样的重大水利工程，党中央、国务院高度重视。
>
> 江泽民总书记提出了"从长计议，全面考虑，科学选比，周密计划"的方针。朱镕基总

决策规划

理在南水北调工程座谈会上，提出了"先节水后调水，先治污后通水，先环保后用水"的原则。

这些方针和原则，对于南水北调工程的规划和建设具有十分重要的指导意义。

10月9日至11日，党的十五届五中全会通过的《中共中央关于制定国民经济和社会发展第十个五年计划的建议》中指出：

加紧南水北调工程的前期工作，尽早开工建设。

10月16日，《人民日报》刊发国务院南水北调工程座谈会情况，并发表评论员文章《抓紧实施南水北调工程》。文章指出：

这表明，酝酿多年的南水北调工程，已基本具备实施条件，各项准备工作将加快步伐。

同一天，水利部调水局副局长许新宜一行到达武汉，与湖北省中线办就南水北调工作交换了意见。

11月14日，国务院新闻办公室以南水北调工程前期准备工作基本就绪为主题召开记者招待会。

2002 年 5 月 8 日至 11 日，温家宝继考察南水北调东线后，又亲自来到湖北省丹江口市考察了南水北调中线，察看了丹江口水利枢纽等中线调水的一些关键性工程项目。

温家宝强调：

南水北调是关系国家经济、社会和生态协调发展的重大工程，要加紧做好前期工作，尽早开工建设。

温家宝指出：

实施南水北调，必须制定科学的规划。南水北调是千年大计，一定要以严谨、科学和实事求是的态度进行充分可靠的论证，经得起历史的检验，对子孙后代负责。调水要综合考虑各方面的因素，不仅要有一个好的工程规划，还要有好的节水规划、经济结构调整规划、污染治理规划、生态保护规划、水价形成机制规划。

同年 8 月 23 日，朱镕基主持召开国务院第一百三十七次总理办公会议，听取了水利部副部长张基尧关于南水北调工程总体规划的汇报。

会议审议并通过了《南水北调工程总体规划》，原则同意成立国务院南水北调工程领导小组，原则同意江苏三阳河、山东济平干渠工程年内开工。

10 月 9 日，朱镕基主持召开国务院第一百四十次总理办公会，批准了丹江口水库大坝加高工程的立项申请，要求抓紧编制丹江口水库库区移民安置规划。

10 月 10 日，江泽民主持召开中共中央政治局常务委员会会议，听取国家计委主任曾培炎和水利部部长汪恕诚受国务院委托作的南水北调工程总体规划汇报，审议并通过了经国务院同意的《南水北调工程总体规划》。

10 月 24 日，水利部代表国家计委向全国人大常委会财经委、环资委、农委汇报了南水北调工程总体规划。

10 月 25 日，国家计委和水利部向政协全国委员会汇报了南水北调工程总体规划。

11 月 8 日至 14 日，党的十六大报告中指出：

抓紧解决部分地区水资源短缺问题，兴建南水北调工程。

2002 年 12 月 23 日，国务院正式批复《南水北调工程总体规划》。

二、 设计研究

● 朱镕基指出："南水北调工程是解决我国北方水资源严重短缺问题的特大型基础设施项目，必须正确认识和处理实施南水北调工程同节水、治理水污染和保护生态环境的关系。"

● 张基尧强调指出："要认真贯彻落实十五届五中全会精神和国务院南水北调工程座谈会的要求，加紧南水北调前期工作，促进工程尽早开工。"

● 温家宝强调："实施南水北调，必须制定科学的规划。南水北调是千年大计，一定要以严谨、科学和实事求是的态度进行充分可靠的论证，经得起历史的检验，对子孙后代负责。"

提出中线工程规划报告

1987 年，长江水利委员会完成了《南水北调中线工程规划报告》，主要提出不加坝调水方案。

早在 1953 年，毛泽东在"长江"舰上听取长江水利委员会主任林一山的汇报后提出："南方水多，北方水少，能不能从南方借点水给北方。"这是南水北调最初的设想，也正是从那时起，长江水利委员会长江勘测规划设计研究院便拉开了南水北调工程前期研究的序幕。

孙中山在他的著作《建国方略》中指出："武汉将来立计划，必须定一规模，略如纽约、伦敦之大。"在水利交通方面要将接近武汉的汉水下游"河身改直浚深"，设想"其在沙市，须新开一运河，沟通江汉，使由汉口赴沙市以上各地得一捷径"。

华中师范大学刘盛佳教授受其启发，针对汉江下游从仙桃至蔡甸的汉川段是著名的九曲回肠般的弯曲形河道，不利于航行，于 1996 年向省政协提交了"开凿两沙、沙谌运河"的提案。

后来湖北省航道部门规划汉北河航道向上延伸，从多宝进兴隆水库，使汉北河与汉江下游形成水运环线，汉江上游船舶经汉北河到武汉可缩短航程 70 公里。

江汉航线虽已基本建成，但未发挥多大效益，新城船闸建成4年还在空等，又何必急于建设截断江汉航线、长湖航线及拾桥河等通航河流的沙市至高石碑通航工程。因此，引江入汉经过长湖，结合江汉航线等，对构建湖北省江汉平原航道网的骨架具有更大意义。

多年来，长江水利委员会设计研究院的员工们呕心沥血，精益求精，完成了大量的规划方案工作。特别是2001年元月以后的1000多个日日夜夜，全院员工开展了大量的科学试验和技术论证，终于取得了各方审查专家的广泛认同。

作为南水北调中线第一期工程的总体设计承担单位和全线技术总负责单位，长江水利委员会本着对国家和人民负责，对历史高度负责的精神，精心组织，精心设计，提交了大量高质量的前期工作成果，为工程的顺利开工提供了必要的保证。

1959年7月，长江流域规划办公室就编制完成了《长江流域综合利用规划要点报告》，提出了从长江上、中、下游引水的南水北调总体布局，并认为从中下游引水比较现实可行。

早在1959年以后，随着南水北调研究工作的深入，长江水利委员会着重负责中游引水方案，即南水北调中线工程的研究。

20世纪70年代初，汉江丹江口水库按初期规模建成，为南水北调中线后续工程建设奠定了良好基础。

长江水利委员会的中线调水工程在鄂、豫两省一致同意"加坝引水"的基础上，又完成了《南水北调中线工程规划报告（1991年9月修订）》，推荐丹江口大坝加高调水145亿立方米方案。

1995至1998年，经水利部和国家计委对中线加坝调水和不加坝调水多个方案进行论证审查后，仍推荐大坝加高调水145亿立方米的方案。

随后十几年来，工程技术人员开展了大量的勘测、规划、设计和科研工作，根据国家总体发展规划和社会生产力布局的现状和发展要求，调整、优化南水北调中线规划方案。这其中引黄工程的布置方案就达40余个，并进行了反复比选和论证。

提交东线调水规划报告

1990 年 5 月，根据国家计委意见和国务院领导批示精神以及水利部的部署，由水利部南水北调规划办公室牵头，水利部治淮委员会、海河水利委员会和天津勘测设计院共同参加，提出了《南水北调东线修订规划报告》。

早在 20 世纪 50 年代，南水北调东线方案就做了一些探索性工作。由于当时黄淮海平原洪涝灾害频繁，缺水问题尚未对经济发展造成明显威胁，规划研究工作一度被搁置。

1977 年 10 月，由水电部、交通部、农林部和第一机械工业部联合提出《南水北调近期工程规划报告》，并上报了国务院。

东线工程经 20 多年规划研究，取得了大量规划、设计、科研成果，主要技术问题已经解决。

1983 年国务院批准了一期工程可研报告，此后，又根据新情况，1990 年编制修订规划报告，1992 年编制了可行性研究修订报告，1996 年水利部组织了审查工作，1997 年国家计委组织了审查工作。

1972 年华北发生大旱后，为解决海河流域的水资源危机，1973 年水利电力部首先研究了引黄济卫济津，因黄河引水量太少，认为只能作为解决缺水的过渡性措施，于是组织开展研究东线调水方案。

北方干旱缺水局面日趋严重，南水北调工程得到党和国家领导以及全国人民的广泛关注。水利部南水北调规划办公室牵头组织有关单位，编制了南水北调东线工程总体规划和应急调水方案。

2000年，国务院总理朱镕基在中南海主持召开南水北调工程座谈会，听取国务院有关部门领导和各方面专家对南水北调工程的意见后指出：

南水北调工程是解决我国北方水资源严重短缺问题的特大型基础设施项目，必须正确认识和处理实施南水北调工程同节水、治理水污染和保护生态环境的关系。党中央关于制定"十五"计划建议中要求，要加紧南水北调工程的前期工作，尽早开工建设。强调南水北调工程的规划和实施要建立在节水、治污和生态环境保护的基础上，务必做到先节水后调水、先治污后通水、先环保后用水。

2000年10月，水利部在京召开南水北调工作会议。水利部副部长张基尧在会上强调指出：

要认真贯彻落实十五届五中全会精神和国

务院南水北调工程座谈会的要求，加紧南水北调前期工作，促进工程尽早开工。

在此期间，还完成了东线第一期工程可行性研究报告及其修订报告；广泛开展了有关环境影响专题研究、大型低扬程水泵的研制、穿黄工程勘探试验以及农业灌溉节水、水量优化调度方面的研究，取得许多重要成果，为科学选比东线调水方案打下了坚实基础。

为贯彻落实党的十五届五中全会对南水北调工程的重大决策和国务院领导关于南水北调工作的指示，按照2000年12月国家计委、水利部在北京召开的南水北调前期工作座谈会的部署，淮河水利委员会会同海河水利委员会编制了《南水北调东线工程规划（2001年修订）》。

这次规划是在以往前期工作成果基础上的进一步修订。与20世纪70年代、90年代初的规划相比，社会、经济和环境等方面都发生了很大变化。

因此，这次修订规划突出水资源优化配置，按照"三先三后"的原则，论证东线工程的水资源开发利用和保护，修订供水范围、供水目标和工程规模，研究东线工程建设体制和运营机制，建立合理的水价体系。根据北方城市的需水要求，结合东线治污规划的实施，制订分期实施方案。

规划设计东线调水工程

规划的东线工程从江苏省扬州附近的长江干流引水，基本沿京杭大运河逐级提水北送，向黄淮海平原东部和胶东地区供水。

东线工程供水区地处黄、淮、海诸河下游，跨北亚热带和南暖温带，多年平均降雨量为 750 毫米左右，由南向北逐步递减。受季风气候影响，降水量年内、年际不均，丰枯悬殊，连续丰水年与连续枯水年交替出现。

东线供水区人口密集，城市集中，交通便利，地势较平坦，矿产资源丰富，是我国重要的能源化工生产基地和粮食等农产品主要产区。此地经济增长潜力巨大，但水资源供需矛盾日益突出，缺水制约了经济社会的发展，并对生态环境产生严重影响。

黄河以北供水区处于海河流域下游，大部分河流已经干涸，可利用的地表水日益减少。由于长期超采深层地下水，引发了水质恶化、地面沉降等多种地质灾害。海河地表水已高度开发，地下水又严重超采，已到了仅仅依靠当地水资源难以解决缺水问题的程度。

胶东地区是沿海经济发达地区，也是我国严重缺水的地区之一，干旱连年出现，经济损失严重。各城市供水普遍紧张，地下水持续超采，烟台、龙口、莱州等地海水入侵。当地水资源已难以解决缺水问题。南四湖地区在偏旱年份已无法维持供需平衡，生活和工业供水也无法保持稳定。

有关专家说："黄河持续断流和引黄泥沙堆积的严重环境后效，使引黄供水受到威胁，必须补充新水源。如不抓紧实施东线工程，在黄河水资源及其利用状况发生变化时，供水区内将产生无法解决的严重后果。"

江苏省江水北调工程经过 40 年的建设已初具规模，为苏北地区灌溉、排水和航运发挥了重要作用，取得显著经济和社会效益。

由于规模偏小，设备老化，配套工程落后和管理体制问题，限制了整体效益的发挥。干旱年份和用水高峰季节又不能满足要求，急需扩大引江和向北调水的规模。

东线供水区面临着地表水过度开发、地下水严重超采、水体污染、环境恶化的严峻形势。

在积极采取节水措施和相继建设引滦入津及引黄、引江等供水工程情况下，对局部地区水资源不足虽起到缓解作用，但难以从根本上扭转缺水的局面。

因此，在进一步节约用水，合理利用现有水资源的基础上，建设东线工程已十分必要和紧迫。

东线工程利用江苏省江水北调工程，扩大规模，向北延伸。

规划从江苏省扬州附近的长江干流引水，利用京杭大运河以及与其平行的河道输水，连通洪泽湖、骆马湖、南四湖、东平湖，并作为调蓄水库，经泵站逐级提水进入东平湖后，分水两路，一路向北穿黄河后自流到天津，另一路向东经新辟的胶东地区输水干线接引黄济青渠道，向胶东地区供水。

从长江至东平湖设 13 个梯级抽水站，总扬程 65 米。

东线工程从长江引水，有三江营和高港 2 个引水口门，三江营是主要引水口门。高港在冬春季节长江低潮位时，承担经三阳河向宝应站加力补水任务。

从长江至洪泽湖，由三江营抽引江水，分运东和运西两线，分别利用里运河、三阳河、苏北灌溉总渠和淮河入江水道送水。

洪泽湖至骆马湖，采用中运河和徐洪河双线输水。

骆马湖至南四湖，有三条输水线：中运河至韩庄运河、中运河至不牢河和房亭河。

南四湖内除利用湖西输水外，须在部分湖段开挖深槽，并在二级坝建泵站抽水入上级湖。

南四湖以北至东平湖，利用梁济运河输水至邓楼，建泵站抽水入东平湖新湖区，沿柳长河输水至八里湾，再由泵站抽水入东平湖老湖区。

穿黄位置选在解山和位山之间，包括南岸输水渠、穿黄枢纽和北岸出口穿位山引黄渠三部分。穿黄隧洞设计流量每秒 200 立方米，需在黄河河底以下 70 米打通一条直径 9.3 米的倒虹隧洞。

江水过黄河后，接小运河至临清，立交穿过卫运河，经临吴渠在吴桥城北入南运河送水到九宣闸，再由马厂减河送水到天津北大港。

从长江到天津北大港水库输水主干线长约 1156 公里，其中黄河以南 646 公里，穿黄段 17 公里，黄河以北 493 公里。

胶东地区输水干线工程西起东平湖，东至威海市米山水库，全长 701 公里。

自西向东可分为西、中、东三段，西段即西水东调工程，中段利用引黄济青渠段，东段为引黄济青渠道以东至威海市米山水库。

东线工程规划只包括兴建西段工程，即东平湖至引黄济青段 240 公里河道，建成后与山东省胶东地区应急调水工程衔接，可替代部分引黄水量。

东线工程跨越江苏、山东、河北、天津 4 个省、直辖市，挖压拆迁影响范围涉及 4 个省、直辖市的 18 个地市 59 个县区。由于输水工程主要利用现有河道，对不能满足输水要求的河段进行扩挖，因此主要占用河滩地，人口迁移数量较少，征地拆迁和移民安置问题相对容易解决。

输水河道线路长，拆迁量相对较少，移民分散，主要采取后靠方式在附近安置。新扩建水库占压土地较多，但主要利用荒废洼地。

东平湖蓄水工程是移民最多、最集中的地区，涉及历史遗留问题，投资较大。

第一期工程永久占地 1.06 万公顷，临时占地约 2670 公顷，拆迁房屋 101 万平方米，迁移人口约 2.6 万人。征地及移民安置补偿静态投资约 27 亿元。

第二期工程在第一期工程的基础上，增加永久占地 1.3 万公顷，临时占地近 3000 公顷，拆迁房屋 74 万平方米，迁移人口约 1.8 万人，增加征地及移民安置补偿投资约 28 亿元。

第一期工程由于只涉及江苏、山东两省，可以组建江苏省供水公司和山东省供水公司，分别作为法人，以供水合同建立交接水的关系，管理各省境内工程和供水事宜。

第二期及之后的管理体制，可以在上述两公司基础上扩大股份的方式建立，也可以根据当时的情况与条件考虑合适的方式。本次规划暂按建立东线总公司与江苏省供水公司分别作为法人的体制研究有关问题。

经分析，东线工程的国民经济和财务指标均达到或超过国家规定的标准，工程在经济上是合理的、财务上是可行的。

设计研究中线调水工程

2000年以来，长江水利委员会对南水北调中线工程进行了全面规划修订。

其工作精神是：

坚持可持续发展战略，正确处理经济发展同人口、资源、环境的关系，改善生态环境和美化生活环境，改善公共设施和社会福利设施。

其工作原则是：

先节水后调水，先治污后通水，先环保后用水。

根据北方缺水形势，南水北调中线工程规划分步实施。近期目标是以长江支流汉江为水源，从丹江口水库向北京、天津、华北地区供水，称之为引汉工程。远景将以长江为水源，从三峡水库或以下干流引水补充引汉工程水量，称之为引江工程。

引江工程规划了从小江、大宁河等引水方案。

由于沿途地形条件较为复杂，工程任务相对艰巨。

另外，据初步估算，工程投资为引汉方案的 2 至 5 倍，由于要提水，成本水价较引汉方案的水价高 9 倍左右。因此，引江工程只能作为远景调水方案。

引汉工程从长江支流汉江引水，长江水利委员会通过多年的实地考察、论证，将南水北调中线工程的水源地选在已建的汉江丹江口水库。

丹江口水库控制了汉江上游 60% 的流域面积，可调水量达 95 亿至 140 亿立方米，是南水北调中线引汉工程理想的水源地。

丹江口水库至北京有近 100 米的落差，能居高临下向华北平原自流引水，这为今后的运行也带来较低的成本。

专家考虑到：虽然汉江水量不如长江充足，但从北方缺水形势看，到 2010 年受水区城市净缺水 78 亿立方米，到 2030 年净缺水 128 亿立方米。从汉江引水可以满足受水区城市需水要求，并可极大地缓解京、津、华北平原严重缺水的现状，对支持缺水地区国民经济持续发展有着现实的意义。

规划委从技术、经济方面考虑，中线工程近期选择以支流汉江为水源的方案，有投资小、工程简单、工期短等优点，也符合先易后难、由小到大逐步实施的原则，并和供水区需水量逐步增大相适应。

对于近期引汉方案，在不降低丹江口库区、汉江中下游地区生态环境质量及供水保证程度的原则下，以京、津、华北地区主要城市为供水目标，适当兼顾农业和生态用水，推荐实施加高丹江口水库大坝调水方案。

工程建设拟采取分期方式实施，即一次建成水源区工程，主要包括加高丹江口水库大坝，即正常蓄水位由现在的 157 米抬高到 170 米，相应库容增加 116 亿立方米；陶岔渠首及渠道改扩建工程；汉江中下游建设兴隆枢纽、引江济汉工程、部分闸站改扩建和航道整治工程。而输水总干渠工程则分期建设。

按规划目标，2010 年中线一期工程将全线建成通水，考虑到当时北京严峻的缺水形势，规划提出首先实施京石段应急供水工程，即先行建设中线一期工程总干渠石家庄至北京团城湖段，利用河北省岗南、黄壁庄、王快、西大洋 4 座水库，在中线一期工程全线贯通前向北京应急供水。

2002 年 12 月，温家宝在南水北调工程开工典礼上讲：

> 建设南水北调工程，必须始终坚持科学求实的态度，不断深化对自然规律的认识，及时修正和完善方案，使其更加符合客观规律，使工程发挥最大的效益，为人民造福，为子孙后代造福，为中华民族造福。

2007 年 5 月，全国政协委员、湖北省政协常委、长

设计研究

江水利委员会前主任黎安田，在视察汉江中下游梯级开发工作时指出：

> 湖北省水利部门要抢抓南水北调中线工程建设机遇，借鉴江苏省开发长江的经验，做好汉江中下游水资源开发利用规划，促进经济社会发展。

提交西线工程规划报告

2001 年 5 月，水利部组织专家审查通过了黄河水利委员会提交的《南水北调西线工程规划纲要及第一期工程规划》报告，这在西线工程的历程中具有里程碑的意义。此后，水利部及时部署第一期工程转入项目建议书阶段。

南水北调西线工程简称"西线调水"，是从长江上游调水至黄河。即在长江上游通天河、长江支流雅砻江和大渡河上游筑坝建库，坝址海拔高程 2900 米至 4000 米，采用引水隧洞穿过长江与黄河的分水岭巴颜喀拉山调水入黄河，是从长江上游干支流引水入黄河上游的跨流域调水的重大工程，是补充黄河水资源不足，解决我国西北地区干旱缺水，促进黄河治理开发的重大战略工程。

南水北调西线工程不仅十分必要，而且非常紧迫。南水北调西线工程已受到社会各界的广泛关注，西北各省区和黄河沿线人们热切盼望南水北调西线工程早日实施。

早在 1952 年，黄河水利委员会就组织了从通天河调水入黄河的线路查勘。

根据毛泽东和党中央、国务院的指示，黄河水利委员会在中科院的配合下，在 1958 年至 1961 年间进行了西线调水查勘工作，涉及怒江、澜沧江、金沙江、雅砻江、大渡河等，范围约 115 万平方公里。

在 70 年代到 80 年代初，黄河水利委员会又组织了几次西线调水查勘。

1987 年国家计委决定在"七五""八五"期间开展南水北调西线工程超前期规划研究工作，研究从长江上游通天河，支流雅砻江、大渡河调水入黄河上游的方案，所确定的调水工程区范围较 50 年代缩小到 30 万平方公里。

这项任务历时 10 年，于 1996 年完成。

设计研究西线调水工程

早在 1987 年，国家计委就确定了南水北调西线工程的基本思路，即在原来大范围、大工程规模、大调水量的总体布局框架下，缩小研究范围，提出对从距离黄河较近的通天河、雅砻江、大渡河调水 200 亿立方米左右的方案进一步勘查。

工作中，根据隧洞开凿技术的发展和青藏高原寒冷缺氧、人烟稀少的特点，将输水线路从明渠为主转变为以隧洞为主，从着重研究抽水方式转变为着重研究自流方式。

1996 年 7 月，南水北调西线工程开始进入规划设计阶段。

1997 年至 2001 年的规划阶段，结合超前期的研究，工程方案研究范围确定北到海拔 4500 米左右的黄河源头，南到海拔 3000 米左右的四川省甘孜一带，按照"下移、自流、分期、集中、渐进"的思路，最后推荐位于海拔 3500 米左右的工程总体布局方案。

海拔 3500 米左右的地区，自然环境相对较好，有森林、农田，适于人类活动，对勘查、设计施工、运行管理都有利。

2001 年 5 月，水利部组织专家审查规划报告时，同意工程分三期实施的方案。第一期调水 40 亿立方米，第二期调水达到 90 亿立方米，第三期调水计划达到 170 亿立方米。

南水北调西线工程供水目标是，与西部大开发紧密结合，主要解决西北地区缺水问题，基本满足黄河上中游六省（区）和邻近地区 2050 年前的用水需求，同时促进黄河的治理开发，促进上中游的河道治理，并相机向黄河下游供水，缓解黄河下游断流等生态环境问题。

南水北调西线工程经过 50 年的历程，在党中央和全国人民的关心下，终于纳入国家基本建设程序，迎来了大干快上的大好局面。

成立南水北调工程建设委员会

2003年2月28日，按照国务院要求，国务院南水北调工程建设委员会办公室筹备组正式成立，开展筹备工作。

7月31日，国务院决定成立国务院南水北调工程建设委员会。

建设委员会由国务院有关领导、中央有关部门和有关省市主要负责人组成，国务院总理温家宝任建设委员会主任，国务院副总理曾培炎、回良玉任副主任。

同日，国务院发布成立南水北调工程建设委员会的通知：

为确保南水北调工程的顺利实施，解决我国北方地区水资源严重短缺问题，实现黄淮海流域经济社会可持续发展，国务院决定成立国务院南水北调工程建设委员会。委员会是高层次的决策机构，其任务是决定南水北调工程建设的重大方针、政策、措施和其他重大问题。

国务院南水北调工程建设委员会组成人员如下：

主任：温家宝（国务院总理）

副主任：曾培炎（国务院副总理）、回良玉

（国务院副总理）

　　成员：马凯（国家发展和改革委员会主任）、汪恕诚（水利部部长）、徐冠华（科技部部长）、金人庆（财政部部长）、汪光焘（建设部部长）、张春贤（交通部部长）、杜青林（农业部部长）、周小川（中国人民银行行长）、解振华（国家环保总局局长）、汪洋（国务院副秘书长）、张基尧（水利部副部长）、刘江（国家发改委副主任）、柴松岳（国家电监委主席）、单霁翔（国家文物局局长）、陈元（国家开发银行行长）、王岐山（北京市代市长）、戴相龙（天津市市长）、季允石（河北省省长）、梁保华（江苏省省长）、韩寓群（山东省省长）、李成玉（河南省省长）、罗清泉（湖北省省长）等

2003 年 8 月 4 日，国务院批准国务院南水北调工程建设委员会办公室主要职责、内设机构和人员编制；明确国务院南水北调工程建设委员会办公室承担南水北调工程建设期的工程建设行政管理职能，内设综合司、投资计划司、经济与财务司、建设管理司、环境与移民司和监督司 6 个职能机构。

　　8 月 13 日，中共中央组织部沈跃跃副部长宣布中共中央关于张基尧等的任职通知。

中央决定，成立国务院南水北调工程建设委员会办公室党组，张基尧同志任国务院南水北调工程建设委员会办公室党组书记，李铁军、宁远任国务院南水北调工程建设委员会办公室党组成员。

张基尧任国务院南水北调工程建设委员会办公室主任，李铁军、宁远任副主任。

8月14日，国务院南水北调工程建设委员会第一次全体会议在京召开。

温家宝主持会议并发表重要讲话，曾培炎、回良玉出席会议并讲话，建设委员会全体成员出席了会议。

会议听张基尧代表建设委员会办公室向会议作的关于南水北调工作情况的汇报，审议并原则通过提请建设委员会第一次全体会议审议的建设委员会工作规则、2003年拟开工项目及中央投资、东线治污规划实施意见、加强前期工作有关问题。

10月2日，国务院批转南水北调办等六部门《关于南水北调东线工程治污规划实施意见》。

10月15日，南水北调办会同发展改革委召开南水北调东线工程治污工作会议。南水北调办与江苏、山东两省签订东线治污目标责任书。

10月29日，国务院南水北调建委批准南水北调办提出的《南水北调工程项目法人组建方案》。

11月5日，南水北调办组织召开"南水北调工程建设工作座谈会"，部署项目法人组建工作。

12 月，在各省测算和征求各有关部门、有关省市意见的基础上，南水北调工程基金方案和征收管理办法报批稿已经形成。

12 月 25 日，十届全国人大常委会第六次会议听取并审议张基尧受国务院委托所作的《关于南水北调工程建设情况与下一步安排的报告》。

12 月 28 日，南水北调办迁入宣武区南线阁街 58 号新址，正式挂牌办公。

同一天，山东东明县城市污水处理厂开工建设。

12 月 30 日，南水北调中线京石段应急供水工程的永定河倒虹吸、滹沱河倒虹吸工程开工建设。

三、 施工建设

● 2004 年 9 月 1 日，作为南水北调中线京石段应急供水工程的两个重要控制性工程——唐河倒虹吸工程和釜山隧洞工程正式开工建设。

● 沈朝晖说："现在，到了工地，不仅得到了锻炼，学到了许多知识，而且对父亲也有了更切身的理解。"

● 王树山说："每逢佳节倍思亲，你们为了南水北调工程建设，风餐露宿，披星戴月，长期昼夜奋战在僻壤野外，冒酷暑，战严寒，用智慧、心血和汗水取得了骄人的成绩。"

举行东线一期工程开工典礼

2002 年 12 月 27 日 9 时 30 分，南水北调工程东线一期工程的源头工程——三阳河、潼河、宝应站工程在江苏扬州宝应县夏集镇正式开工。

这标志着举世瞩目的南水北调工程奏响了序曲，也标志着南水北调工程进入施工阶段。

开工典礼在北京人民大会堂和江苏省、山东省施工现场同时举行。

国家主席江泽民为工程开工发来贺信。国务院总理朱镕基在人民大会堂主会场宣布工程正式开工。中共中央政治局常委、国务院副总理温家宝发表讲话。

中共中央政治局委员，北京市委书记、市长刘淇出席开工典礼。中共中央政治局委员、国家计委主任曾培炎在北京人民大会堂主持开工典礼，并宣读国家主席江泽民的贺信。

经党中央、国务院批准，南水北调正式立项的单项工程有三项，即东线一期工程的江苏段三阳河、潼河、宝应站工程及山东段济平干渠工程，中线一期工程的丹江口水库大坝加高工程。

其中江苏段三阳河、潼河、宝应站工程和山东段济平干渠工程 27 日正式开工。

南水北调东线第一期工程和中线第一期工程建成后，将使北方受水地区增加 134 亿立方米供水能力。

南水北调工程的实施，对缓解北方地区水资源严重短缺局面，实现长江、淮河、黄河、海河四大流域水资源的合理配置，促进经济、社会和生态的协调发展，具有重大意义。

该工程被认为是全面建设小康社会的重要基础设施，是实现中国可持续发展战略的重大举措，并将有力地推进中国社会主义现代化建设进程。

南水北调工程分东线、中线和西线三条调水线路。通过三条调水线路与长江、黄河、淮河和海河四大江河的相互连通，逐步构成"四横三纵"的水网格局。

江苏省水利厅厅长黄莉新在开工仪式上介绍说：

> 作为先期建设的南水北调东线工程，共分 3 期 15 年执行，将导引长江水通过扬州江都抽水站和即将兴建的宝应抽水站经 1156 公里输水主干线，送至天津及河北地区。

施工建设

京石段应急供水工程开工

2003 年 12 月 30 日，作为南水北调中线工程的重要组成部分，京石段应急供水工程开工建设。

汉水进京工程的第一铲土，在北京永定河上宣告了倒虹吸工程开工建设的开始。从这一天起，永定河便沉浸在车水马龙的喧嚣声中，紧张有序的施工将企盼和梦想熔铸在行动上。

永定河倒虹吸工程是南水北调中线最后一座大型跨河建筑物，全长 2519 米，横断面采用 4 孔 3.8 米 × 3.8 米的钢筋混凝土箱涵结构，设计过水流量为 50 立方米每秒，加大流量为 60 立方米每秒，投资 299 亿元，计划工期 2 年。

2004 年 9 月 1 日，作为南水北调中线京石段应急供水工程的两个重要控制性工程——唐河倒虹吸工程和釜山隧洞工程正式开工建设。

以此为标志，南水北调中线京石段应急供水工程进入全面建设阶段。

当日，国务院南水北调工程建设委员会办公室副主任宁远、省政府顾问郭世昌专程赶赴施工现场，检查工程建设准备情况。

唐河、釜山两个项目是南水北调中线干线项目法人

——南水北调中线干线工程建设管理局到位后第一批开工建设的工程项目。

为尽快缓解北京市水源危机，保障首都供水安全，根据南水北调中线一期工程建设总体目标，国家决定在中线工程全线通水以前，先期实施总干渠京石段，将岗南、黄壁庄、西大洋、王快水库与总干渠连接，相机向北京应急供水。

南水北调中线京石段应急供水工程河北段，南起石家庄西郊田庄分水闸，北至冀京交界的北拒马河，途经石家庄、保定两市的 12 个县市区，全长 227 公里。

该段布设各类建筑物 322 座，其中大型河渠交叉建筑物 23 座、输水隧洞 7 座，工程总投资约 112 亿元，2006 年完工。

经过广大建设者历时四年半的艰苦努力，南水北调北京段工程建成通水，并于 2008 年 9 月成功实现冀水进京。

2006 年，北京段倒虹吸工程全部竣工。

当河北省岗南、黄壁庄两座水库的清流历经 10 天跋涉，通过中线京石段工程抵达北京，标志着京石段工程开始正式运行并发挥效益。

决战北京段输水总干渠

2006 年 1 月，中国水利水电第十一工程局承担了南水北调工程惠南庄至大宁段 PCCP 管道工程第一标段的施工。惠南庄至大宁段是北京段总干渠线路最长的大型输水工程，全长 5.6 万米。第一标段是全长 1.23 万米，双排直径 4 米的预应力钢筒混凝土管道。

工程地处首都北京，这就使中水十一局有了直接为首都服务、为奥运贡献力量的机会。

中水十一局人既有光荣感、自豪感，同时也深感责任重大，感到肩上沉重的压力。

向首都人民交一份满意的答卷，把承建的项目建成中水十一局人的形象工程和窗口工程，就成了全体参战人员的心愿，也成为一种忧虑。

2006 年 2 月 6 日，项目经理马建政带领着队伍进入阵地，开始了拆迁征地与施工同步进行的漫漫征程。

2007 年 5 月 21 日上午，在清河北岸的南水北调北京团城湖至第九水厂一期输水配套工程工地上，彩旗招展，鞭炮齐鸣，直径 6 米的盾构机被高大吊车缓缓放入深达 20 余米的始发竖井。此时，参与施工的北京市政集团四处的所有人员不禁回想起为了这一刻而经历的那难忘的 120 个日日夜夜。

团城湖至第九水厂输水一期工程是南水北调北京市配套工程的重要组成部分，其主要任务是向第九水厂输送北调而来的"南水"，保证北京今后的供水。

2007年初，北京市政集团四处中标该工程。市政集团四处投入先进的盾构施工设备，按照工程总进度计划，进行了周密的施工部署，并根据工程的实际情况，制订了严密的施工计划。

工程开工后，项目部领导全身心扑在工程上，用自己的行动鼓舞并激励着现场所有员工勤奋工作。

由于清河当地的地下水特别大，致使在竖井坑基土方开挖过程中，流沙不停外涌，难以施工。对此，如不及时控制住流沙，就会造成地面沉降，影响到周围现有管线的安全，后果不堪设想。

翟来生总经理亲自指挥坑基施工，采取措施控制流沙，经过多次试验后，采用打钢筋塞水泥、严格控制下挖的深度、勤喷护、合理安排施工工序等一系列办法，最终解决了流沙问题，使盾构竖井如期完成。

每当工程进展到关键时刻，翟经理总是盯在工地上组织生产。在吊装竖井东侧盾构洞口直径7米多的大钢圈时，一大早，他就守在竖井边，直到14时大钢圈准确就位才去吃"午"饭。

在项目部领导的带领下，全体员工认真履行自己的职责。质控员负责对每道工序进行严格验收，确保工程质量；测量人员精心测量，保证数据准确无误，并监测

基坑变形和地表沉降情况；施工人员严格进行现场管理，灵活安排机械设备，保证生产的需要；施工员、计划员精确计算钢筋、水泥等材料用量，用多少采购多少、租赁多少，做到不积压、不浪费，有效控制了工程成本。

项目部党支部适时组织开展以"勤俭节约办企业，又好又快促发展"为主题的教育活动，得到员工的积极响应，最后产生了许多增收节支的办法。

竖井施工中，上下共需支护四层钢围檩，以确保竖井的安全。为节约钢材，员工们将符合施工要求的旧钢管一节一节地焊接起来使用，挖出的细砂经检验确认后，又使用到竖井侧墙初衬的喷护中；工地抽出的地下水，被用于现场的环境卫生保洁、混凝土搅拌、设备清洗等。

在施工中，项目部充分合理利用现有资源，既节约了资金，又增强了员工们勤俭节约的意识，还增加了企业效益。

在生产高峰时，项目部聘用的农民工达到 150 多人。项目部领导十分重视农民工的生产培训，在生活上关心他们。

项目部专门为农民工开设培训班，讲解施工技术要求、安全生产等方面的知识，并为他们配备全套劳保防护用品。

冬季天冷，农民工衣服穿得少，项目部买来棉大衣发给他们；春节、五一等节日，项目部给农民工送去过节的猪肉、啤酒等，使他们体会到家的温暖。

项目部的关心、爱护，激发了农民工主人翁的责任感，他们不辞辛劳，努力工作，为工程的顺利推进作出了自己的贡献。

从 1 月 18 日进场到 5 月 17 日盾构隧道始发竖井施工完成，整整 120 天时间。北京市政集团四处在清河北岸用自己的努力，为南水北调工程作出了贡献。

2007 年 9 月 21 日，南水北调中线建管局在京召开南水北调中线应急供水工程"决战京石段，大干一百天"誓师动员大会。要求中水十一局所承建的一标段必须在 2007 年 12 月 31 日完成石方开挖，2008 年 1 月 15 日完成管道安装，确保按时通水。

中水十一局领导人马建政及伙伴们完全明白这次"决战京石段，大干一百天"的重大意义，于是果断制定了"大干一百天，完成开挖百万方"的行动纲领。一场为企业生存而战、为企业荣誉而战、为奥运而战的拼搏开始了。

马建政整天盯在工地，协调施工中出现的问题。他一遍一遍地对干部说，一遍一遍地对工人讲，越忙越急越要注意安全。

农历八月十五，亲人团圆，朋友欢聚，温馨热闹。

彼时彼刻，为了长江水早日进京，南水北调中线北京段全线 6 个单元工程的工地现场上，来自山南海北的 5000 余名建设者完全献出了中秋佳节的幸福与快乐，默默战斗在第一线。

施工建设

自 9 月 22 日伊始，全长 80 公里的战线上旋即被浓浓的大战气氛笼罩着。

木工班班长曾应兵每天 24 小时竟有 16 小时扎根工地，他已经两年多没回家去看亲人，他的奋斗目标很简单："工程不安全优质完工，坚决不回家！"

提升机女操作工张容坤全神贯注地在垂直运输的关键岗位上工作着，确保被人们称为事故易发点的安全，安全生产的功劳簿上有她的心血结晶。

清一色的迷彩服，威武的战士与军事化的管理，展示出了由武警水电一总队负责的七标段的与众不同。

军人加农民工的这支队伍，不仅在昼夜连轴转的奋战中彰显了铁军风采，而且练就了两只"铁耳朵"。

工程开始时，他们均在四季青桥下的工棚里休息，每天车水马龙的西四环，特别是深夜大货车不断隆隆过桥，吵得劳累了一天的施工人员辗转反侧，难以入睡。

移居他处吧，当时的条件不具备，无奈只好坚强闭眼、强迫入梦。最终意志与困倦战胜了噪声，战士们的心中只有安全优质的工程，哪有其他！

位于西四环四季青桥西侧的这支施工队伍，建有 9 号、10 号两个竖井，进行着双线 3700 米的管道工程，从 2005 年 5 月 28 日开工，至 2007 年 9 月 26 日已安全生产 854 天，2007 年底完工。

11 月 29 日，开挖任务提前一个月平安完成；12 月 30 日，管道安装提前 15 天平安完成。

2008 年，在举世瞩目的南水北调工程建设中，优先完成了保证首都北京供水安全的京石段应急供水工程。

11 月 28 日，南水北调北京段工程建设总结表彰大会隆重举行，北京市委副书记、市长郭金龙，国务院南水北调建设委员会办公室主任张基尧出席大会，并为优秀建设集体和优秀建设者代表颁奖。

会上，北京市委常委、统战部部长牛有成宣读了优秀建设集体和优秀建设者表彰决定。

获奖者代表上台领奖并发言。

施工人员奋战在工地上

2006 年 4 月，建设处副主任兼总工田晋生，在参加完南水北调首个开工项目宝应站工程后来到淮安四站。

建设处常务副主任叶华评价说：

田总干过水利工程设计、施工、监理，转战过不少水利工地。他不仅经验丰富，而且以工作认真负责、一丝不苟而著称。

2006 年 6 月 30 日晚，江苏淮北地区开始连降大雨。当时，厂房基坑底板已经浇筑完毕，基坑内外到处是水，直接威胁着底板基坑支护和地连墙的安全。

田晋生在第一时间赶到现场，果断提出处理方案，白天踩着没膝的泥水指挥，深夜还到现场观察处理结果，唯恐有半点闪失。伴随着降雨的全过程，他几乎三天三夜没有合眼。

为了确保南水北调江苏段工程在 2007 年底基本达到通水条件的目标，淮安四站的进水流道等大体积混凝土需要在高温季节浇筑。

为确保浇筑质量，田晋生主动协助河海大学派驻现场的科研人员搜集数据，结合工程实际提出优化方案。

当时室外温度达 37 摄氏度，浇筑现场温度更高。

浇筑初期，田晋生 24 小时都在现场，特别是到了夜半三更人们最容易打盹的时候，他依然要到浇筑现场检查夜班浇筑质量。

最终，大体积混凝土高温季节防裂技术通过了实践检验，进水流道等此后一直没有发现一处裂缝。

田晋生原来在江苏省水利设计院工作，设计单位改制时已满 30 年工龄，按照当时的规定应该退休了。

由于田晋生曾在治淮重点项目——淮河入海水道等工程中有过突出表现，一些挖人才的单位接踵而至，有家地方上的设计院给出了年薪 20 万元的优厚待遇。但田晋生最终选择了收入少、责任重的江苏省南水北调工程建设。

他说："钱多少是个够呀，小孩也上班了，够花就行了。"

田晋生是个经验丰富的专家型人才，对工资、奖金从不提要求。

在评选先进工作者时，田晋生再三举荐年轻人，但在无记名投票时还是名列榜首。

大家说："田总当之无愧，选他我们服气。"

建设处工程科副科长沈朝晖原来是江苏水源公司工程部技术安全科科长，2005 年 8 月被派遣来到南水北调淮安四站工地。

为实现直接参与南水北调工程建设的愿望，沈朝晖

主动要求到第一线锻炼。他负责工程的质量、进度、计划和支付等工作，每一件都付出了艰苦的努力。

在新技术攻关和推广中，沈朝晖是与河海大学等单位的具体联系人，承担着繁重的资料收集和数据反馈等工作。在施工中，沈朝晖奔波于各个标段之间，做了大量协调、衔接工作。

在支付工作中，沈朝晖严格按照合同办事，无论是设备厂家还是原材料供应商，哪怕是几十元、几百元的疑问都不放过，总要弄个清清楚楚才行。

在向国务院南水北调办公室上报工程进度计划时，沈朝晖总要根据实际动态如实进行修正和调整。

此外，沈朝晖还承担着水源公司交代的编写《江苏省南水北调工程质量管理办法》的牵头组织工作。

为了熟悉泵站建设全过程，沈朝晖每天还几次下工地，特别是在集中浇筑的日子里，就是夜间也要坚守在现场，决不放弃每一个锻炼学习的机会。

有一次，国务院南水北调办公室同志来工地稽查，恰逢沈朝晖牙齿发炎，嘴肿得只能喝稀饭，大家劝他去打点滴，但沈朝晖怕影响工作，买了止痛片照样坚持工作。

工程科科长田谷说："有次小沈的小孩生病，家里几次打电话叫他回去，但由于工地太忙没能脱身。一次，公司抽他参加档案检查工作，当江都建设处的检查工作结束时，领导让他回南京家中看看，但小沈舍近求远，还是回到了淮安四站建设工地。"

沈朝晖的父亲是江苏省水利界的老专家。

沈朝晖说：

记忆中，由于父亲工作太忙，小时候很少看到父亲，当时还有些不理解。现在，到了工地，不仅得到了锻炼，学到了许多知识，而且对父亲也有了更切身的理解。

淮安四站监理部总监单海春是江苏省苏水工程建设监理有限公司副总经理，"规范"二字，是他常常挂在嘴上，而且铭刻于心的两个字。

单海春说："南水北调工程要求高，不是喊得高，而是建设全过程控制的要求高。"

在一次吊装某大型构件时，由于工期紧，设备进场后施工单位没报实施方案就要吊装。单海春认为吊装牵涉施工安全，工期再紧也不是理由，于是及时制止，直到吊装方案审核批准后才准许吊装。

单海春对监理人员要求很严。有一次，他发现某监理员没按规范要求的频率进行监理，就要检查他的监理记录。

那位监理员说整理一下，然后将漏掉的一组数据填了个假数交上来。

接过监理记录，经验丰富的单海春指着那组假数据问是怎么回事。

监理员见没能逃过单海春的眼睛，只好承认作假行为。

单海春毫不犹豫地作出了请他离开监理部的决定。

单海春说："如果你只是疏忽漏掉一组数据，还可以原谅，以后注意改正就行了。但假若你弄虚作假，不具备监理人员的最基本素质，那么，在我这儿就再也没有机会了。"

在淮安四站建设工地，单海春的认真严谨是出了名的。

有一次，施工单位报的降水方案存在问题，单海春打回去要求再报。

上报后的方案单海春认为还不行，并指出方案上的10口井布置不对，而且深度不够。

不服气的施工单位去请教他们公司老总，结果老总认为单海春的意见是对的。

最后，在仔细论证的基础上，单海春做出了打6口降水井的施工方案，不仅保证了工程的顺利开展，而且还节省了投资，施工单位心悦诚服。

单海春认为："作为监理人员要摆正自己的位置，既要严格按照规范实施监理，还要当好业主的参谋。"每月两次的工地例会，他不仅通报监理情况，还主动为业主出主意，想办法。

为了把淮安四站建成精品工程，单海春节假日很少回家，即使是自家的新房装修也顾不上管，全部交给家人打理。

有人说："在以往的经历中，我接触过多位监理部总监，有些是挂名的，有些虽不是挂名，但在工地上也难经常看到他们的身影。但是，单总身为苏水工程建设监理有限公司副总经理，不仅要处理公司事务，还坚持长时间驻守工地，实在难得。"

这个人还说："我们为碰到这样一位好总监感到庆幸。"

东线济平干渠开工建设

2006 年 7 月 21 日，山东平阴县南水北调东线山东段济平干渠开工典礼现场龙腾虎跃，万众欢呼，彩旗飘飘，锣鼓阵阵，写着"展宏图，建山东水网；调江水，润齐鲁大地"等标语的横幅高高悬挂。

数千群众将开工现场围堵得水泄不通，他们冒着高温，争相来观看南水北调开工的伟大时刻。

9 时 20 分，贵平山口"轰隆"一声礼炮巨响，举世瞩目的南水北调工程正式拉开序幕。

9 时 40 分，山东省委书记、省长，南水北调东线山东段总指挥张高丽作了热情洋溢的讲话：

南水北调的开工，对实现我国水资源优化配置，解决北方缺水问题具有重大战略意义。

山东是严重缺水省份，党中央、国务院把解决山东水资源短缺问题纳入全国水资源优化配置的大盘统筹考虑，优先建设山东段，这是对我省最大的关怀，也是对我们的最大考验。

我们要把济平干渠工程建设作为实践"三个代表"重要思想的具体行动，打好南水北调的第一仗，向党中央交一份合格的答卷。

今天开工的济平干渠要建成样板工程、生
态工程……

会场上顿时掌声雷动。

10 时 10 分，张高丽带领山东省委、省政府的主要领
导和国家发展计划委员会、水利部的有关领导一起，郑
重地将第一锹黄土培向南水北调的"奠基"石。

50 多年来，几代中国人的愿望迈出了走向现实的第
一步，共饮长江水不再是梦想。

10 时 20 分，张高丽向朱镕基总理汇报：

南水北调山东段准备工作全部就绪，请朱
总理指示。

朱镕基在南水北调开工典礼北京主会场宣布：

南水北调工程正式开工。

人类历史上最大的水利工程开始了，中华民族又掀
起了民族伟大复兴的新篇章。

济平干渠工程是南水北调工程的重要组成部分，是
南水北调胶东输水干线的首段工程，也是山东省优化水
资源配置的关键工程之一。

济平干渠全长 90 公里，自山东东平湖首引水闸至济

施工建设

南小清河源头睦里庄闸，途经山东省泰安市的东平县和济南市的平阴、长清、槐荫三县区。设计输水流量50立方米每秒，工程静态投资12.6亿元。该工程建成后，将大大缓解济南市区及沿线各县水资源供需的矛盾，改善济南市区的生态环境，减轻东平湖防洪压力。

赶在机械化施工队伍进驻之前，一项声势浩大的文物保护工程日前在南水北调山东段沿线启动。其中，大部分文物发掘工作是沿运河故道展开的。

南水北调东线一期工程地跨江苏、山东、河北、天津四省市，在山东省境内呈"T"字形分布，东部与胶东输水工程相连接，全长近1200公里。而工程所经区域，正是山东地区古文化遗存分布密集的区域。

自2002年以来，山东有关文物保护单位就在调水干渠及蓄水库区内共发现重要文物点60余处，涵盖了从新石器到明清各个历史时期，是齐鲁历史文化的见证。

山东段工程大部分是对京杭大运河的改造利用，沿线运河文化遗存必然受到影响。

为此，国家发改委将急需开工渠段的文物点列为控制性文物保护项目，提前拨付保护经费，限期完成文物保护。

山东段控制性文物保护项目有7个，即济宁市程子崖遗址、梁庄遗址、马垓墓地、薛垓墓地、郭楼遗址；泰安市小北山墓地、百墓山墓地等。

山东省在此次开工的7项控制性文物保护工程中，

首次引入市场机制，采用招标、监理、协作等新的工作模式。

其中，程子崖遗址的勘探发掘项目由山东省文物考古研究所承担，是当时山东段控制性文物保护项目中发掘任务最重、发掘面积最大的项目，计划发掘面积3000平方米。

隆重举行安阳段开工仪式

2006年9月28日，南水北调中线总干渠河南安阳段开工仪式在安阳市殷都区南士旺村隆重举行，这标志着河南省境内南水北调工程进入了正式建设阶段。

国务院南水北调工程建设委员会办公室主任张基尧、副主任宁远，水利部副部长周英，河南省委书记徐光春、省长李成玉、省委秘书长李柏拴、副省长刘新民、副省长张大卫、省人大常委会副主任王明义、省政协副主席郭国三等领导出席开工仪式并视察了开工现场。李成玉在讲话中要求：

各参建单位强化工程质量和安全生产，从制度上、从源头上严把质量关，确保工程质量万无一失，努力把南水北调工程建设成为精品工程、样板工程、示范工程。

张基尧在讲话中强调指出：

南水北调中线安阳段工程是河南省第一个开工的委托管理项目，具有探索和示范的重要作用。工程建设管理单位要切实负起责任，完善土地征用手续，加强工程建设管理，规范工程建设行为，建立和健全质量管理体系，努力实现工程质量、安全、投资和进度控制目标，努力把安阳段工程建设成为精品工程、一流工程，为后续工程建设树立样板和楷模。

安阳段工程起点为汤阴县驸马营村羑河交叉建筑物出口，终点为安阳县施家河村东豫、冀两省交界的漳河交叉建筑物进口。

渠线总长 40.322 公里，其中渠道长 39.359 公里、建筑物长 0.963 公里。

总干渠渠道、各类交叉建筑物和控制工程等主要建筑物为 1 级建筑物。工程总工期为 40 个月。

安阳段工程是南水北调中线继穿黄工程之后在河南省境内开工的第二个项目，也是中线干线工程项目法人中线干线建管局委托河南省进行建设管理的第一个项目。

安阳段工程的开工建设，对实现南水北调中线一期工程 2010 年通水目标有着重要的保障作用。

考察南水北调河北段工程

2003 年 12 月 30 日上午，南水北调中线工程河北段第一个建设项目滹沱河倒虹吸工程正式开工，这标志着南水北调中线工程河北段正式进入施工阶段。

滹沱河倒虹吸工程位于石家庄市正定县境内滹沱河上，总投资 5.7 亿元，工期 34 个月。这一工程是南水北调中线北京至石家庄段应急供水工程的重要组成部分。

为尽快缓解北京水资源紧缺危机，国家决定结合南水北调中线一期工程建设，在中线工程全部通水以前，先期实施中线总干渠京石段，将河北省太行山区的岗南、黄壁庄、王快、西大洋四座大型水库与总干渠相连接，以便向北京应急供水，应急调水工程总投资约 112 亿元，到 2006 年底完工。

河北省水利厅有关领导介绍说："石家庄以北到北京段是于 2003 年底先期开工的应急调水工程，它可将河北中部西大洋、王快、岗南和黄壁庄四座大型水库的水调往北京，在中线全部建成之前，为 2008 年举行奥运会的北京提供水源保障。到 2005 年 5 月，这一应急调水工程中的滹沱河倒虹吸工程、唐河倒虹吸工程、釜山隧洞工程等项目已经开工建设。"

2005 年 12 月 20 日下午，在 2006 年新年即将到来之际，南水北调办公室张基尧主任、李铁军副主任一行来到南水北调中线河北段工程工地视察，亲切慰问了冒着严寒奋战在工地上的工程建设者，为广大工程建设者带来了国务院南水北调办公室的关怀和问候。

张基尧、李铁军一行顶着凛冽的寒风，来到南水北调中线漕河项目工地，详细查看和询问了工程建设情况，听取了中线建管局漕河项目部的工作汇报。

当听到漕河项目圆满完成了 2005 年工程建设任务，并对 2006 年的工作作了安排后，张基尧很高兴。他强调，漕河项目是南水北调中线工程关键节点项目，不仅关系到北京 2008 年奥运会的顺利举办，也关系到能否实现向北京应急供水，意义重大；希望工程建设各方一定要肩负起各自的责任，齐心协力，团结协作，努力奋斗，精心组织，精心施工，确保完成工程建设任务。他特别强调，要切实加强工程质量和安全管理，不能出现任何质量和安全事故。

张基尧语重心长地说：

> 新年即将来临，一定要保证农民工工资按时足额发放，决不能让拖欠农民工工资的现象在南水北调工程上出现。最后祝愿广大工程建设者节日愉快，合家欢乐，万事如意。

12 月 21 日上午，张基尧、李铁军一行在河北省有关

领导的陪同下，来到南水北调中线滹沱河项目工地，亲切慰问了参建各方工作人员；强调要做好工程建设收尾工作，重视工程质量和安全生产，确保工程善始善终，并向大家致以节日的问候和美好的祝愿。

同时，张基尧、李铁军一行与河北省委常委、常务副省长郭庚茂，副省长宋恩华、柳宝全等人，还就南水北调中线河北段工程建设有关问题进行了座谈。

陪同慰问的有南水北调办公室综合司、环境与移民司、建设管理司和中线建管局的负责同志。

2006年10月25日至26日，以全国政协委员、省政协主席赵金铎为团长的驻冀全国政协委员视察团一行，就南水北调河北段工程建设情况到保定和石家庄进行视察。

驻冀全国政协委员叶连松、李有成、孔小均、赵燕等参加视察。副省长宋恩华参加驻冀全国政协委员视察南水北调座谈会。

委员们在听取了省南水北调工程建设委员会办公室有关情况汇报后，先后深入南水北调工程徐水县境内的釜山隧洞工地、漕河工地、滹沱河倒虹吸工地，对工程的进度、质量、安全等情况进行全面视察和了解。

当时，河北省京石段征迁安置工作取得了突破性进展，基本完成永久征地任务，累计完成征迁安置资金兑付18.2亿元，向工程建设单位移交永久征地4.58万亩，移交临时用地1.5万亩，完成房屋拆迁16.7万平方米，安置人口 4.27 万人。

先期开工的 4 个控制工期的项目建设进展较为顺利，滹沱河、唐河倒虹吸工程建设接近完工，釜山隧洞、古运河枢纽正在加紧按计划施工，累计完成投资 6.3 亿元，工程质量良好，安全生产处于受控状态。

随着征迁工作的完成，京石段全线开工的高潮已经形成，河北省配套工程可行性研究也已全面启动，正在加紧组织开展测量等外业工作。

在视察结束后召开的座谈会上，驻冀全国政协委员与省政府、省南水北调工程建设委员会办公室的有关负责同志交换了意见。

委员们对南水北调河北段工程建设情况给予了高度评价，一致认为，南水北调河北段工程在时间紧、任务重，各项工作艰巨、繁杂的情况下，克服种种困难，取得了显著成效。

大家一致认为：这项举世瞩目的伟大工程，功在当代，利在千秋，应继续全力以赴、保质保量地搞好工程的建设工作。

大家还就工程建设中的弃土弃渣处理、文明施工、土地征用和群众拆迁安置工作、临时占用的耕地复垦问题，以及在建设应急供水工程向北京供水的同时，保证河北省人民群众的生活、生产用水等问题提出了意见和建议。

赵金铎指出，各有关部门应站在讲政治、讲大局的

高度，从历史的责任感出发，充分认识南水北调工程的重要性，齐心协力，高度负责，全力以赴地做好这项工作。他要求各级领导要充分认识工程的艰巨性和复杂性，在工期紧、任务重、责任大的情况下，采取有力措施，确保工程质量，如期完成任务。尤其是沿线各地方党委政府要高度重视工程建设，认真做好群众工作，切实抓好任务的落实，解决好工程建设过程中出现的各种问题。

宋恩华表示，省有关部门将对委员们提出的意见和建议进行逐条梳理，认真研究，并制定实施意见，认真抓好落实工作，以确保南水北调河北段工程任务的如期、高质量完成。

2008 年 4 月 23 日至 4 月 25 日，张基尧来河北省考察南水北调工程建设情况。4 月 25 日上午，张基尧一行与省政府领导进行了座谈。

在听取河北省南水北调办公室和南水北调中线建管局关于南水北调京石段工程建设情况汇报后，张基尧充分肯定了河北省南水北调工程建设工作。

省委副书记、代省长胡春华代表省委、省政府对国务院南水北调办公室长期以来给予河北的大力支持表示感谢。

胡春华还要求说：

各级各有关部门要严格按照国家确定的建设管理模式，积极做好协调配合，毫不动摇地支持国家在河北的建设管理工作，多渠道筹措

建设资金，尽早谋划水资源利用方案，同时为
工程顺利实施创造良好环境。

副省长宋恩华、国务院南水北调办公室副主任李津
成分别在座谈会上讲话。

国务院南水北调办公室副主任张野出席座谈会。

4月23日和24日，张基尧一行在河北省副省长的陪
同下，先后到保定市和石家庄市检查了南水北调工程建
设情况。

2009年1月，临近春节，南水北调中线工程安阳段
和新乡潞王坟膨胀岩试验段工程一线的广大建设者仍在
夜以继日地奋战着。

1月19日，河南省南水北调办主任王树山带领副主
任刘正才及有关处室主要负责人，来到建设工地，亲切
慰问奋战在一线的建设者们。

王树山说：

每逢佳节倍思亲，你们为了南水北调工程
建设，风餐露宿，披星戴月，长期昼夜奋战在
僻壤野外，冒酷暑，战严寒，用智慧、心血和
汗水取得了骄人的成绩。在新春佳节即将到来
之际，我代表省南水北调办和建管局向你们表
示亲切的慰问和衷心的祝福。

王树山指出："在过去的一年里，安阳段和新乡试验段工程建设严把质量和安全关，狠抓工程进度，成绩喜人。工程质量优良率始终保持在 95% 以上。安全始终保持零死亡率，没有发生大的安全事故。"

王树山对大家强调说：

国务院南水北调建委会第三次会议已经确定了南水北调中线工程 2013 年主体工程完工、2014 年汛后通水的目标和 2009 年建设计划，并把中线工程建设重点放在河南。2009 年是南水北调中线工程建设河南段关键的一年，形势很好，任务繁重，挑战艰巨。当前，黄河北段实现了全线开工建设的目标，2009 年将开工建设渠首工程、渠首至沙河南全线、沙河南至黄河南部分工程和穿漳河工程，河南省作为南水北调中线工程建设的主战场已经形成。

王树山要求各参建单位，要充分认识南水北调中线工程建设带来的新机遇和发展新空间，在建设好当前各项工程的基础上，以更加饱满的激情、更加振奋的精神、更加昂扬的斗志积极迎接新的任务和新的高潮，以临战的姿态适应新的挑战，以大局为重，以事业为重，科学管理，精心施工，履职尽责，千方百计保证工程质量、安全和进度再上新台阶。

考察南水北调山东段工程

2006 年 11 月 8 日，是全国政协人口资源环境委员会组织"南水北调东线水质保证"专题调研组以来，赴江苏、山东两省，开展南水北调东线水质保证调研工作的最后一天。

早餐之后，调研组一行 14 人，在山东省泰安市政协黄自伟副主席和东平县郭德文县长的陪同下，分乘 4 艘快艇实地考察了东平湖的水质和人工湿地修复工程。

东平湖作为南水北调东线工程重要的调蓄水库之一，其水质状况对南水北调东线水质保证至关重要。

南水北调东线一期工程，主要利用现有的湖泊调蓄和河道输水，输水线路长，治污任务重。

山东省委、省政府和南水北调东线山东段沿线的各级党委和政府，对治污工程十分重视。为了确保南水北调东线的水质，山东省人大审议通过了《山东省南水北调工程沿线区域水污染防治条例》。

山东省政府颁布了严于国家标准的《山东省南水北调沿线水污染物综合排放标准》，引导沿线企业自觉解决结构性污染问题，将沿线汇水区划分为核心保护区、重点保护区、一般保护区，实行分区管理，取得一定成效。

自 2002 年起，南水北调沿线区域内生活污水污染物

排放量所占比重已超过工业污染，成为第一大污染源。

据此，山东省也加大了南水北调沿线城镇污水处理厂和生活垃圾处理场的建设力度。

但是，东线工程沿线污染物排放总量仍然较高，部分地区大大超过环境容量。

调研组现场考察，东平湖的水质虽有改善，但按《南水北调东线工程治污规划》的标准，要做到稳定达标，还有很大差距。

令人欣慰的是，泰安市为构筑大汶河进入东平湖的最后一道屏障，确定在东平湖区域建设三大湿地工程。这三大湿地工程已全部开工，调研组对此表示满意。

当地领导介绍说：该工程将利用东平县稻屯洼涝洼地，建设稻屯洼人工湿地水质净化工程 1 万亩；在大汶河东平湖入湖口进行人工湿地修复与建设工程 3 万亩；在东平湖出口建设人工湿地工程 1 万亩。

三大湿地工程建成后，对恢复原有湿地生态系统、保护东平湖生物多样性、改善东平湖生态环境、进一步控制面源污染、确保东平湖水质达标，将起到重要作用。

午餐之后，调研组在山东省政协张敏副主席的陪同下，从平阴县出发，考察南水北调首批开工项目济平干渠工程。

济平干渠工程，是南水北调首批开工建设的单项工程，是南水北调胶东输水干线的首段工程，输水线路全长约 90 公里。

济平干渠工程，也是实现山东省水资源优化配置的关键工程之一。该工程的实施对于缓解济南市区及沿线各县水资源供需矛盾，改善济南市区生态环境，减轻东平湖防洪压力都具有十分重要的意义。

调研组看到，现已建成并投入使用的济平干渠，工程质量良好，但干渠周围环境较差，委员们建议尽快清理和改善干渠周围环境，以保证通过济平干渠向北输送的水有一个不受污染的安全的水环境。

晚上，参加调研的委员们，不顾一日实地考察的疲劳，在济南驻地召开了总结会。

大家结合一周以来的调研和实地考察，在认真分析南水北调东线治污形势、存在困难和问题的基础上，提出了意见和建议。

首先，大家一致认为，江苏、山东两省，对南水北调东线工程的建设和水污染治理十分重视，两省遵照"先节水后调水，先治污后通水，先环保后用水"的原则，做了大量富有成效的工作，不仅工程项目建设进展顺利，水污染治理也取得一定成效。

同时，大家也认识到，由于南水北调东线工程主要利用现有的湖泊调蓄和河道输水，这些湖泊和河道污染已相当严重，与中线工程相比，治污的成败就是南水北调东线工程成败的关键。

所以，大家提出，东线工程的治污任务还相当艰巨，要达到"规划"要求的水质向北输送，还需要做大量艰苦的工作，同时还需要国家和各级政府的大力支持。

为此，调研组建议：

一、国家有关部门要加快对东线截污导流工程等骨干项目的审批工作，提高审批效率，确保工程建设进度。

二、要尽快落实工业污染防治补助资金，提高企业治污的积极性，同时国家应增加对生态保护和农业面源污染治理补助资金，各级政府也要按规定积极筹措治污资金，并切实做到专款专用。

三、要积极研究并推广先进治污技术工艺，为水污染防治提供科技支撑，指导和帮助企业有效破解治污技术的瓶颈制约。

四、要完善环境监测网络，尽快建立考核断面水质监测公报制度，并通过中央媒体和相关网站，将水质状况定期向社会公布，接受群众监督。

五、要严格控制主要污染物排放总量，严格推行排污许可制度，努力实现排污总量控制目标。

六、要积极探索建立调水沿线生态补偿机制的政策措施，并从构建和谐社会的高度，妥善解决因污染严重关闭企业下岗工人和因工程拆迁用地而失地农民的生产生活问题，维护社会稳定。

参加调研的委员们都感到，参加南水北调东线工程建设和水污染防治情况的考察和调研，受到了一次深刻的教育，看到工程进展顺利并取得初步成效，也深受鼓舞。

大家一致表示，要积极履行政协职能，围绕南水北调东线的水污染治理，继续做好建言献策，确保一江清水向北流。

2009年6月3日至6日，国务院南水北调办公室主任张基尧率队赴山东段工程建设现场考察指导工作。国务院南水北调办公室副主任张野、山东省副省长贾万志陪同考察。

张基尧一行先后考察了东线穿黄河工程、二级坝泵站工程、滕州市截污导流工程、济南市区段输水工程，查看了滕州市界河入湖口人工湿地。

每到一处，张基尧都认真听取工程现场负责人的情况汇报，详细询问工程建设进展情况和存在的问题，并就加快工程建设、确保工程质量和安全生产等工作，与各级地方政府、项目法人和现场建管、施工、监理单位深入地交换意见。

在考察东线穿黄工程时，张基尧深入正在实施的黄河南区滩地埋管检查施工质量，深入北区穿黄隧洞查看

斜洞段开挖及灌浆情况，仔细地听取建管、设计、施工单位关于工程建设情况的汇报。

张基尧对工程建设下一步工作提出了明确要求。

在二级坝泵站工程建设现场，张基尧在听取当地政府和工程建设技术负责人的汇报后，详细询问了工程所在地煤矿采空区塌陷情况，并就应对煤矿采空区塌陷的措施与参建单位负责人进行了深入交流。

张基尧强调指出，二级坝泵站是东线进入山东的"咽喉"，也是展示山东段工程建设成果的重要窗口。张基尧叮嘱参建单位做好三项工作：

一、加快工程建设进度。针对塌陷问题进行认真研究，进一步完善工程方案，加强施工组织，注重工程质量，确保工程如期完工。

二、扎实做好防汛度汛工作。工程建设正处于关键时期，防汛度汛要求高。要提前考虑，尽早着手，扎实做好工程防汛物料准备，尤其是加强塌陷区的汛情监测和技术防范，制订应急预案，确保工程安全。

三、采取措施确保工程建设运行安全。进一步明确工程建设与周边煤矿企业的安全责任，结合工程建设需要划定工程防护范围，完善塌陷监测设施，加强对当地塌陷情况的监测。

张基尧十分关心济南市区段输水工程建设，他冒着炎热酷暑，先后考察了工程Ⅰ标、Ⅱ标、Ⅵ标段工程建设现场，听取参建单位汇报，详细了解工程建设中遇到的问题和困难。

　　张基尧叮嘱现场工程技术负责人，要通过完善施工方案，改进技术工艺，严格控制施工噪声、粉尘等，尽量减少或避免工程建设对沿线市民生活和企业生产经营的影响，并以此争取沿线政府和市民群众的支持，为工程建设营造良好环境。

　　东线工程的关键是治污。这也是张基尧这次考察山东段工程的重要内容。

　　张基尧在出席东线两湖段工程开工仪式之后，驱车奔赴滕州市，冒着炎炎烈日考察了滕州截污导流工程和界河入湖口湿地。

　　在听取了当地政府和工程现场负责人关于工程建设进度及发挥效益情况的汇报后，张基尧充分肯定了滕州市的做法。他指出：滕州市截污导流工程和人工湿地建设统筹考虑东线治污与流域污染综合治理的关系，较好地解决了水污染治理和发展经济之间的矛盾，是贯彻落实科学发展观的具体实践，也是循环经济的有效尝试和探索，对东线水污染治理和中线水源地保护具有重要的借鉴作用。

　　在现场考察山东段工程建设和治污环保工作后，6月6日，张基尧与山东省政府及省直有关部门进行座谈。

张基尧首先代表国务院南水北调办公室向山东省委、省政府多年来关心和支持南水北调工程建设表示感谢，并对山东段工程建设和治污环保工作取得的成绩给予了充分肯定。

对于山东段下一阶段的工作，张基尧提出了五点要求。

考察期间，张基尧分别会见了山东省委书记姜异康、省长姜大明。国务院南水北调办公室有关司局的负责同志参加了考察。

东线穿越黄河工程全面开工

2007 年 12 月 28 日上午，南水北调东线一期穿越黄河工程正式开工建设，南水北调东线长江水过黄河的咽喉将在 36 个月内被打通。

东线穿黄河工程位于山东省东平和东阿两县境内黄河下游中段，是南水北调东线长江水过黄河的咽喉，也是连接东平湖和鲁北输水干线的关键控制性项目，在整个东线工程建设中具有重要地位。

东线穿黄河工程的开工，标志着南水北调东线山东段工程进入了全面实施阶段。

国务院南水北调办公室主任张基尧在开工仪式上说：

> 工程建成后，将打通东线穿黄隧洞，连接东平湖和鲁北输水干线，实现调引长江水至鲁北地区的目标，同时具备向河北省和天津应急供水的条件。

东线穿黄河工程由东平湖湖内疏浚、出湖闸、南干渠、埋管进口检修闸、滩地埋管、穿黄河隧洞、出口闸、穿引黄渠埋涵及连接明渠等建筑物组成，工程全长 8 公里。

东线穿黄河一期工程建设完成后，过黄河流量可达100立方米每秒。工程设计年输水量为4.5亿立方米。

12月28日，省政府举行山东南水北调工作座谈会，国务院南水北调办公室主任张基尧、副主任李津成一行同山东省有关部门进行座谈，副省长贾万志主持座谈会。

张基尧主任听取了省南水北调局局长耿福明关于南水北调工程建设情况、省发改委农村处处长杨炳平关于南水北调调水基金筹集工作情况、省环保局副局长张波关于南水北调工程沿线治污情况的汇报。

张基尧充分肯定了南水北调山东境内工程建设取得的可喜成绩。

针对当前南水北调山东段工程建设形势，张基尧对下一步工作提出明确要求：

一要深入贯彻学习十七大精神，进一步提高对南水北调工程建设重要性和紧迫性的认识。

二要加快工程建设步伐。要做深做细前期工作，尤其是对两湖段工程等还没开工的项目，不仅要加快设计速度，更要提高设计质量，尽量减少施工过程中的设计变更，使得工程建设一开工就能顺利快速进行。

要正确处理征地拆迁中的问题，要充分利用已经建立的施工环境安全保障机制，增强信息沟通。要加强施工管理，保证施工质量。要做好工程验收和管理运行研究，实现建设与运行的有效衔接。

三要加大调水基金的筹集力度，保证工程建设及治污工作的资金需求。

四要坚定不移地加强水污染治理工作，尽快实现水质达标。要坚定不移地按照"三先三后"的原则，把水污染治理规划和分区域的水污染治理方案落到实处。要加强污水处理厂的管网配套，加大湿地保护和农业面源污染治理工作，尽快全面开工建设截污导流工程。

国务院南水北调办有关司负责人，省政府办公厅、发改委、财政厅、水利厅、环保局、南水北调局等有关部门负责人参加了座谈会。

2008 年 10 月，在做好征地迁占、专项设施迁移、优化设计等工作的基础上，山东南水北调东线穿黄河工程全面开工建设，进入了大规模施工阶段。

施工建设

召开建设管理工作会议

2008 年 8 月 17 日，江苏南水北调工程建设管理工作会议在南京召开。

会议认真贯彻国务院南水北调办召开的质量安全现场会议、投资计划座谈会和省水利厅厅务会议精神，总结了当年南水北调工程江苏段建设管理工作，分析形势，落实任务，部署确保完成年度建设目标的措施，全面推进江苏南水北调工程建设。

江苏省南水北调办公室副主任张劲松，东线江苏水源公司董事长、总经理邓东升，东线江苏水源公司副总经理荣迎春出席会议并讲话。

东线江苏水源公司总经理助理刘军主持会议。

张劲松分析了全面完成年度建设任务所面临的紧迫形势。

对照当时的形象进度，调水工程的形象进度和完成投资，总体上达到时序进度要求；截污导流工程由于初步设计尚未得到批复，当时工程未能开工，年内完成投资计划的任务十分艰巨。

张劲松要求江苏南水北调各单位、各部门，务必要认清形势，加强领导，精心组织，迎难而上，加快江苏省境内工程建设步伐，确保全面完成年度目标任务。

张劲松说：

　　一是要全面完成调水工程年度建设任务，争取超额完成……

　　二是要确保完成截污导流工程投资计划。力争9月初批复江都、淮安、宿迁三市截污导流工程初步设计……

　　三是要加快南水北调工程前期工作。在继续关注总体可研报告审批的同时，着力强化初步设计的组织，深化方案研究，提高设计质量……

张劲松还强调了要切实加强工程建设管理，要继续做好征地拆迁和移民安置工作，要着力加强党风廉政建设，要积极推进工程管理工作，要进一步加强组织领导等。

邓东升强调：要进一步分解任务，完善工作责任制，年终要对照考核；要加强协调，搞好服务；要高度重视质量和安全生产，在抢工程进度的同时，绝不能降低管理要求，确保工程建设质量和安全；要高度重视党风廉政建设，一方面要加强教育和监督，另一方面要加强制度建设，确保实现"三个安全"。

荣迎春围绕本年度的目标和思路，对确保完成年度调水工程建设目标提出了具体要求，他强调要加快工程建设步伐，确保实现年度建设目标；着力推进前期工作，为加快工程建设创造条件；完善项目管理体系，实现工程建设有效控制；加强质量安全管理，确保工程质量和安全始终处于受控状态；加强党风廉政和精神文明建设，努力把南水北调工程江苏段建成廉洁工程。

江苏南水北调工程沿线有关市南水北调办公室、水利局、征迁机构负责人和有关人员，江都、淮安、宿迁市截污导流工程建设处负责人，各现场建设管理单位负责人、工程质量科长，省纪委、省监察厅派驻南水北调纪检组人员，水源公司各部门负责人和有关人员参加了会议。

举行工程总结表彰大会

2008 年 11 月 28 日，南水北调北京段工程建设总结表彰大会隆重举行。北京市委副书记、市长郭金龙，国务院南水北调办公室主任张基尧出席大会，并为优秀建设集体和优秀建设者代表颁奖。

经过广大建设者历时四年半的艰苦努力，南水北调北京段工程已建成通水，并于 2008 年 9 月成功实现冀水进京。

南水北调中线北京段起自房山拒马河，经房山区，穿永定河，过丰台，沿西四环北上，至颐和园团城湖，全长 80.4 公里，全部为地下管涵。北京段设计流量每秒 50 立方米，年供水 10 亿立方米。

工程于 2003 年 12 月 30 日开工，2008 年 4 月 28 日主体工程基本完工，通过了临时通水技术验收。北京南水北调工程同时具备通水、消纳、供水能力，实现了安全、优质、又好又快的建设目标。

在总结表彰会上，北京市委常委、统战部部长牛有成宣读了优秀建设集体和优秀建设者表彰决定。获奖者代表上台领奖并发言。

张基尧在讲话中说，南水北调北京段工程率先建成通水，实现了中央既定的战略部署，缓解了北京日益严峻的水资源短缺状况，激励了建设者的热情，增强了社会各界的信心，是深入贯彻落实科学发展观的具体体现。

张基尧希望大家以更加饱满的政治热情和更加认真负责的工作态度，做好各项后续工作。

张基尧强调，要切实做好永久供电、自动化系统等剩余收尾工程，保证工程质量；认真做好北京段工程的运行和调度管理，提高运行管理水平；认真做好规划，加快市内配套工程建设，发挥工程整体效益；认真做好征地拆迁等有关收尾工作，为工程顺利调度运行和社会稳定创造良好条件；全面梳理总结建设管理经验，为后续工程建设提供借鉴。

郭金龙在讲话中说，南水北调工程对首都全面履行"四个服务"职责、促进可持续发展具有不可替代的作用。

郭金龙指示：

北京市有关部门、区县和全体建设者要继续发扬连续作战的精神，全力做好南水北调市内工程建设的各项工作。

要认真落实国务院部署和要求，优质高效地完成好工作任务，确保南水北调工程建设成果惠及人民群众，为促进首都可持续发展提供有力保障。

要加快推进市内配套工程建设，继续坚持

质量第一，精心设计、精心施工、精心管理，高标准、高效率地按期完成各项工程建设任务。

要提前研究接纳调水相关工作，及早组织力量，抓好关键技术、工艺的攻关，提出应对和解决问题的方案，确保届时调水到京后顺畅、高效利用；要始终把节水、治污放在首位，在全社会树立科学用水、合理用水、保护水资源的意识，提高再生水利用率，建设循环水务。

要进一步加强组织领导，完善体制机制，把南水北调工程作为扩大投资的重点项目，加快相关配套项目审批，积极筹措建设资金，保证新建、扩建水厂及配水管网建设顺利推进。

大会由副市长赵凤桐主持，国务院南水北调办公室副主任张野以及发改委、水利部和北京市有关部门负责人出席。

建设截污导流和输水航运工程

2008 年 12 月 8 日，山东首个截污导流项目宁阳县洸河截污导流工程开工建设。

12 月 31 日，南水北调东线山东济宁市截污导流工程开工。

这标志着山东省 21 项截污导流工程实现了在 2008 年底前全部开工建设的目标。

南水北调东线一期工程山东段截污导流工程是国务院批准的《南水北调东线工程治污规划》和山东省人民政府批复的《南水北调东线工程山东段控制单元治污方案》中提出的"治、用、保"污染综合防治体系的组成部分，其主要作用是将污染治理达标后的中水进行截、导、蓄、用，在调水期间使其不进入或少进入调水干线，以保证干线工程输水水质。

山东 21 个截污导流工程总投资 12.3 亿元。工程建成后每年调水期共可拦蓄中水 3.06 亿立方米、径流 1.39 亿立方米。

在保证调水水质的同时，可为区域内 185.3 万亩农田提供灌溉水源。工程对保证输水水质达到地表水 III 类水质，改善工程沿线区域水环境和促进山东生态省建设具有重要意义，同时还将改善河道防洪防涝能力，改善景观生态环境。

2009 年 6 月，南水北调东线一期南四湖至东平湖段输水与航运结合工程开工建设，标志着南水北调东线山东段工程进入全面加速建设新阶段。

省南水北调局局长孙义福介绍说：

此次开工建设的两湖段工程，是南水北调东线一期工程的重要组成部分，是沟通黄、淮、海和连接胶东输水干线、鲁北输水工程的咽喉，也是山东境内"T"字形输水大动脉的心脏，是我省加快南水北调东线一期工程建设进度、确保 2013 年全线通水目标如期实现的关键性控制工程。

该工程建成后，北可以向德州、聊城等鲁北地区并进而向冀东、天津供水，东可以通过胶东输水干线调水至烟台、威海、青岛，以有效解决这些地区水资源的紧缺问题。

同时对于南四湖和东平湖之间水资源的联合调度以及下步对沂沭河洪水的利用、实现洪水资源化都具有重大的现实意义。同时，两湖段工程还利用原京杭大运河水道调水并结合实施航运。

国务院南水北调办公室主任张基尧、副主任张野，山东省副省长贾万志出席开工仪式。

施工建设

实施黄河以北干线工程

2008 年 12 月 26 日上午，河南省南水北调中线工程黄河北连线建设誓师动员大会在焦作市隆重召开。这标志着河南省南水北调中线工程黄河以北干线工程进入全面实施阶段。

11 时许，现场彩旗飘舞，锣鼓阵阵。省委书记、省人大常委会主任徐光春郑重宣布河南省南水北调中线工程黄河北连线开工，并和其他领导一起为工程奠基。

国务院南水北调办公室主任张基尧，省委副书记、代省长郭庚茂出席大会并作重要讲话。

省政协主席王全书，国务院南水北调办公室副主任张野，省人大常委会副主任李柏拴，副省长刘满仓，省军区司令员刘孟合出席会议。刘满仓主持会议。

黄河北连线是南水北调中线工程的重要组成部分，担负着向黄河以北地区的输供水任务，涉及焦作、新乡、鹤壁、安阳 4 个省辖市的 14 个县、市、区。

该段全长 195.25 公里，其中渠道总长 179.61 公里、建筑物总长 15.64 公里，各类交叉建筑物 279 座，总工期 36 个月。当时，穿黄工程、安阳段、新乡潞王坟试验段等在建工程进展顺利，已完成投资 15 亿元。

郭庚茂在讲话中强调，河南省既是南水北调中线工程的水源地，又是受水区；既有水源工程、渠首工程、渠道工程，还有配套工程，是渠道最长、占地最多、文物点最多、投资最大、计划用水量最大的省份，也是建设任务最重、责任最大的省份。

今后几年，河南将成为南水北调建设主战场。搞好南水北调中线工程建设，既是为国家作出贡献和牺牲，又是为河南自身发展打基础、增后劲，既是一种压力和挑战，更是一个发展动力和难得机遇。

郭庚茂要求各级各部门要从全国、全省经济社会发展大局出发，强化全局观念，树立大局意识，进一步增强责任感、使命感和紧迫感，以对国家和人民高度负责的态度，倾全省之力支持工程建设，确保各项建设任务圆满完成。

他希望各级各部门和广大工程建设者以高度的政治觉悟和临战的精神状态，全力做好各项工作，保证质量，保证进度，保证安全，保证环境，保证服务，确保工程顺利建设。要把我省南水北调工程建成"一流工程、廉洁工程、生态工程、利民工程、和谐工程"，以实际行动向党中央、国务院和全省人民交上一份满意的答卷。

张基尧在讲话中要求大家：要认真落实国务院的部署，坚持质量第一、安全第一，进一步强化质量和安全意识，加强质量安全监督检查，严格质量安全责任制和终身追究制，切实保证工程建设质量和安全生产。

张基尧在讲话中还要求大家要扎实做好征地搬迁工

作，坚持文明施工，促进和谐建设，维护人民群众合法权益，切实维护良好的工程建设环境和稳定的社会秩序。

要充分利用当前国家扩大内需的有利条件和生产资料价格低廉的机遇，加速推进工程建设。

南水北调中线干线工程建管局局长石春先在大会上发言。省南水北调办主任王树山介绍了河南省南水北调中线工程建设情况。

洪泽湖至骆马湖段工程开工

2009 年 6 月 30 日，南水北调东线洪泽湖至骆马湖段工程开工仪式在宿迁市刘老涧二站工程现场举行，标志着南水北调东线江苏段工程进入全面加快实施的新阶段。

省委常委、副省长黄莉新出席开工仪式，宣布工程开工，并慰问南水北调工程一线建设者。

黄莉新在讲话时要求，工程沿线各级政府和省各有关部门要充分认识加快南水北调工程建设的重要意义，科学组织安排，严格建设管理，确保按时优质完成工程建设任务。

黄莉新强调说：

一要精心组织实施。工程沿线各地要抓紧做好征地拆迁安置工作，为工程建设创造良好环境。省南水北调工程建设领导小组各成员单位要积极做好相关工作，保障工程建设顺利推进。

二要强化建设管理。严格基本建设程序，认真执行四项制度，健全完善质量安全保证体系，确保工程建设质量。

三要维护群众利益。坚持阳光操作，接受

社会监督，保证征地拆迁补偿经费及时、足额到位，切实维护被征迁群众利益。

四要加强监督检查。严格各项制度建设，强化监督管理，确保"工程安全、资金安全、干部安全"，努力把我省南水北调工程建成优质工程、廉洁工程、党和人民放心的满意工程。

国务院南水北调办建设管理司巡视员王松春，代表国务院南水北调办对工程开工表示祝贺。

王松春要求各参建单位，要充分认识所肩负的责任和繁重任务，进一步增强责任感和使命感，坚持质量第一、安全第一，精心组织、文明施工，密切配合，抓住当前的有利时机，扎实推进工程建设，努力实现工程质量、安全、投资和进度控制目标，努力把洪泽湖至骆马湖段工程建设成为质量一流、节俭高效、廉洁安全的工程，确保工程效益的早日发挥。

江苏省水利厅厅长、南水北调办公室主任吕振霖表示，将按照省委省政府和国务院南水北调办的部署要求，紧紧围绕2013年全面建成东线一期工程的总体目标，精心组织，周密部署，科学实施，严格管理，确保高质量、高水平、高效益完成南水北调我省境内的建设任务。

吕振霖要求参建单位要牢固树立质量第一意识，切实维护群众利益，严格工程建设管理，努力保障工程建设环境，真正把南水北调工程建设成为党和政府放心工程、人民群众满意工程。

宿迁市副市长吕德明在致辞时说：宿迁作为南水北调东线工程的重要通道，服从服务工程建设、保证清洁水源安全过境，是我们的光荣职责和神圣使命。吕德明表示，宿迁市将全力推进征地拆迁，保障工程按时、有序建设；主动做好项目服务，主动沟通联系，搞好协调配合，为工程建设提供全方位的服务和保障；切实维护施工环境，全力支持国家重点工程建设，全力营造和谐有序的施工环境。

国务院南水北调办，省级机关有关部门负责人，宿迁市委、市政府负责人和工程沿线干部群众代表和参加工程建设的勘测、设计、施工、监理单位代表出席了开工仪式。

开工仪式由省政府办公厅副主任杨根平主持。

● 施工建设

大学生到施工现场演出

2009 年 7 月 4 日下午，江苏省南水北调工程江都站建设工地人潮涌动，一场以"情系南水北调，喜迎祖国华诞"为主题的慰问文艺演出在工地上演。

多年来，南京师范大学充分发挥在文化文艺演出方面的优良传统和突出优势，深入地震灾区、革命老区、重大工程施工现场，为辛勤工作的劳动者、奉献者们送去关爱、传递希望，献上一台又一台精彩纷呈的文艺演出，为建设者们带来了欢乐，鼓舞了干劲。

"为奉献者奉献"已经成为师大暑期社会实践活动的工作特色和品牌。

南水北调工程江都站的数百名建设者及管理者齐聚一堂，南京师范大学党委副书记吴自斌及校党委组织部、宣传部、学工处、研究生党工委、校团委及中北学院等的领导共同观看了演出。

在 7 月 4 日的慰问文艺演出中，"为奉献者奉献"大学生艺术团以诗歌朗诵、歌舞、小品等丰富生动的形式和精彩的演出效果博得了在场观众的一致好评。

吴自斌副书记对实践小分队深入一线、积极锻炼给予了肯定，并提出了殷切的希望。

吴自斌希望参加实践的同学们珍惜机遇，虚心学习，大胆实践。

他说:

在实践中学习,在探索中创新,在思考中总结,在服务中收获,用青春与汗水创造祖国和民族的辉煌,用心灵与智慧谱写人生最美好的华章!

演出结束后,实践小队队员们纷纷表示要继续保持"艰苦朴素,脚踏实地"的作风,以实际行动宣传水利,关心民生,给伟大祖国 60 年华诞献礼。

在此后的数天中,他们还进行了环保宣传、专题访谈等多项实践活动。

中线工程郑州段开工建设

2009 年 7 月 28 日上午，省委书记、省人大常委会主任徐光春声音洪亮地宣布：

河南省南水北调中线工程郑州段开工！

随着开工令的下达，穿越省会郑州的南水北调中线工程郑州段，在社会各界的期盼中正式开工建设。

郑州段是河南省南水北调中线工程黄河南规模建设的首开工程。它的动工兴建，标志着河南省南水北调黄河以南干线工程建设拉开了全面建设的大幕。

郭庚茂到会致辞，国务院南水北调办公室主任张基尧讲话。省领导陈全国、王全书、王文超、颜纪雄、铁代生、刘满仓，国务院南水北调办公室副主任李津成等出席了开工仪式。郭庚茂在致辞中说：

在全省上下深入开展学习实践科学发展观活动，认真贯彻省委八届十次全会精神，集中精力战危机、争分夺秒抓落实、齐心协力保增长、千方百计保态势之际，南水北调中线工程郑州段正式开工建设。这标志着南水北调中线工程黄河南连线建设大幕已经拉开，是全省经济建设的一件大事。

张基尧在讲话中指出，南水北调河南段工程是南水北调中线工程的重要组成部分，在整个中线工程建设中具有重要地位。

张基尧要求：

要切实做好拟开工项目征地移民及其他各项准备工作，为工程顺利开工提供保障。要扎实推进丹江口库区移民试点工作，在认真总结移民试点工作经验的基础上，全面启动规模移民第一、第二批安置工作，保证"四年任务，两年完成"目标的顺利完成。

要始终坚持"三先三后"的原则，加快水源区水污染防治和水土保持项目建设，加大库区及沿线点源、面源污染治理督查及执法力度，争取水污染防治与水土保持规划项目早日发挥效益，确保南水北调水源地水质安全。

中线天津干线河北段工程开工

2009 年 7 月 29 日，南水北调中线天津干线河北境内工程开工建设，标志着中线一期工程天津干线在途经的天津、河北两省市全面开工建设。

张基尧出席开工仪式并宣布工程开工。

国务院南水北调办公室副主任张野、天津市副市长熊建平等出席开工仪式并讲话。河北省人民政府副秘书长曹振国，中国水利水电建设集团公司总经理范集湘出席开工仪式。

张野首先代表国务院南水北调办公室对工程开工表示祝贺，并向全体工程建设者表示亲切的慰问。

张野在讲话中要求：要坚持质量第一、安全第一，加强质量安全监督检查，严格质量安全责任制和终身追究制，切实保证工程建设质量和安全生产。

张野在讲话中还要求一定要科学管理、均衡生产，创新工艺，努力降低工程建设成本，切实控制工程建设投资规模；切实做好征地搬迁工作，创造无障碍工程建设环境，坚持文明施工，促进和谐建设，维护人民群众合法权益，切实维护良好的工程建设环境和稳定的社会秩序。

张野在讲话中还要求加强建设资金管理、监督和审计，加强制度建设，严格制度落实，确保建设资金使用规范、合理、透明，杜绝截留挪用资金和贪污腐败现象。

河北省副省长在讲话中要求大家要充分发挥征迁安置责任主体作用，按照"确保农民合法权益，确保资金使用安全，确保工程建设顺利进行，确保沿线社会稳定"的总体要求，加强组织领导，做细群众工作，尽快完成征迁安置任务，为工程建设创造条件；要加强宣传引导，及时妥善处理各种矛盾和问题，努力营造良好建设环境，为工程建设顺利实施提供外部保障。

熊建平在讲话中代表天津市表示：

> 将全力支持天津干线工程建设，牢记责任、不辱使命，紧密依靠地方政府和人民群众，精心组织、精心实施，圆满完成建设管理任务。

南水北调中线工程从丹江口水库引水，沿线开挖渠道，经唐白河流域西部过长江流域与淮河流域的分水岭方城垭口，沿黄淮海平原西部边缘，在郑州以西李村附近穿过黄河，沿京广铁路西侧北上，可基本自流到北京、天津。

其中，率先开工建设的石家庄至北京段应急供水工程于 2008 年 9 月 28 日建成，并从河北向北京应急调水。截至 2009 年 7 月 20 日，通过京石段工程从河北调水进入北京的实际水量达 3.19 亿立方米。

丹江口大坝加高工程已经于 2009 年汛前实现坝顶贯通目标，正在进行最后一个坝段的混凝土浇筑。

天津干线工程是南水北调中线一期工程的重要组成部分，起点为南水北调中线总干渠与西黑山进口闸，终点为天津市外环河，全长约 155 公里，担负南水北调中线一期工程贯通后向天津市和河北省保定及廊坊等市、县的输供水任务。

天津干线工程中的天津 1 段和天津 2 段主体工程已于 2008 年 11 月 17 日开工建设。

南水北调中线天津干线河北境内工程的建设实施，对于缓解天津水资源短缺具有重要促进作用，同时，为天津市水资源配置提供了新的通道，有利于经济社会的可持续发展。

国务院南水北调办公室总工程师沈凤生，总经济师张力威及有关司负责同志参加开工仪式。

对千年古墓进行技术处理

2009 年 1 月 18 日，邯郸磁县，因南水北调工程需要，一座千年古墓正在发掘中。

当地一老乡说："磁县文物部门正在发掘的这座古墓可能是曹操疑冢。数月内，古墓的秘密将重见天日。"

有人怀疑："这座开挖的大墓真是流传已久的曹操墓地所在吗?"

出土文物证实，这里是北齐、东魏皇陵所在，而非曹操疑冢。

进入磁县境内，长满青草的土包随处可见。

它们往往高于地面五六米，占地数十平方米，远远望去就像拔地而起的蒙古包。上百座土包分布在磁县 19 个乡镇，土冢没有墓碑，更没有记载安葬者的身份。

当磁县文物保管所所长赵学风被人求证曹操疑冢之事的时候，这名有着多年工作经验的老文物工作者哈哈大笑："要真是曹操墓，磁县的大门早就被中外考古学者踏破了，我哪还有时间接记者的电话。"

历史上，关于磁县墓葬群是曹操墓的传闻并非第一次流传。

位于临漳的六朝古都邺城，距磁县县城仅 15 公里。曹操破袁绍后以邺为都城，在这里修建铜雀台，在位于磁县的讲武城训练军将。相传曹操担心死后遭人暗算，在此布置多处疑冢。《三国演义》中这样描绘，曹操临终前"遗命于彰德府讲武城外，设立疑冢七十二，勿令后人知吾葬处"。

1974 年以来，国家先后在磁县发掘了北齐尧俊墓、东魏茹茹公主墓、北齐高润墓、北齐文宣皇帝墓等，出土墓志、陶俑及其他器物数千件，证实这里是北齐、东魏皇陵所在，而非曹操疑冢。

1992 年，国务院将其更名为"北朝墓群"，标注的 134 座古墓被定为全国重点文物保护单位。

这次当地居民传说的曹操古墓，经赵学风证实可以确定不是曹操墓，而是国务院标注的 134 座古墓之 39 号墓，但墓主身份还待考证。

古墓中出土了白釉覆莲罐 1 件，胎呈白色，有四系，施白釉，釉上还点缀有绿彩和黄彩，磁县文物保管所副所长李江把它叫"齐三彩"。

39 号古墓的发掘工作才刚刚开始，但李江对这座古墓充满了期待。

这期待源于 2009 年初的一次意外性发掘。

2009 年 1 月，磁县文物保管所在对全县田野文物进行检查时，接到讲武城村文保员报告，说在讲武城城墙西侧发现一座被盗古墓。

工作人员勘察发现该砖室墓早年已坍塌，这次属于盗掘未遂。磁县文物保管所对其进行抢救性发掘清理。

虽然它并不在 134 座古墓范围之内，但却给了李江很大的惊喜。

古墓出土的陶俑也很精致，特别是陶俑的面部神态，大到眼耳鼻口，小到眉毛、胡子和唇红都清晰可见。而最特殊的是部分陶俑的耳朵用黄金包裹涂抹。

李江介绍说："这在以往同时期墓葬中从没有发现过，这些都是墓主人身份尊贵的体现。"

但古墓破坏严重，李江只在一块破碎的石块上发现刻有篆书"齐"字。墓葬的结构形式和陪葬品与早年发掘清理的北齐时期墓葬极其相似。

李江推断，该墓的年代为南北朝的北齐时期。

初步确定，39 号墓是座官墓，年代大致为北齐、东魏时代，距今约 1500 年。

在磁县城南约 5 公里的一处麦田里，乡村小路一侧就是高出地面约 6 米的 39 号古墓封土，周围拉着蓝色警戒线，并有专人看守。

挖掘人员已将金字塔状的封土切去四分之一。切开的封土，土层细密结实，显然曾经过夯实。古墓西侧，距地面一米高处有一个直径 50 厘米的斜洞。

工作人员介绍："这是盗墓者所为，目前尚不知盗墓行为对古墓的破坏程度。"

李江介绍："封土只是古墓的地上部分，根据发掘经验，挖到地面以下 10 米左右才能到达墓主人的位置。巨大的土方量需要至少一个半月才能完成。"

李江说:"国家对地下文物以保护为主,但这座古墓的位置恰好在南水北调的施工线上,施工会对文物造成破坏,不然这座墓暂时还不需要动。"

2005 年,南水北调工程启动后,已有 4 座古墓为避让工程而动土挖掘,39 号是最后一座。

丹江口库区首批移民外迁

2009年8月20日，南水北调中线工程丹江口库区首批333名湖北移民，顺利迁入荆门、枣阳两市的新居。

国务院南水北调办副主任张野在移民搬迁欢迎仪式上说，这标志着我国南水北调丹江口库区移民搬迁工作正式开始。

8月20日，来自湖北丹江口市习家店镇封沟村、艾河村50户移民232人迁入了荆门市屈家岭管理区移民新村，均县镇关门岩村25户移民101人则迁入枣阳市南城办事处移民新村。

大家在枣阳南城办事处的移民小区看到，22栋崭新的楼房整齐划一。喧闹的鞭炮声中，关门岩村8组村民洪帮明一家5口搬进了160平方米的二层小楼里。

洪帮明说："我对现在的居住环境非常满意。过去我们住的是20世纪90年代建的老房子，又破又小，现在的新家不仅大，而且水电方便，还有卫生间和阳台，非常干净。"

谈到未来的新生活，洪帮明说："早就听说这里油桃种得好，我想以后跟当地人学种桃子，自己做桃园的老板。我相信，只要勤快，日子肯定会越过越好！"

从 20 日起，湖北试点搬迁安置的 1.2 万名库区移民陆续迁入这个省的襄樊、枣阳、宜城、荆门、团风等 5 个县市安置点。

旨在缓解我国北方地区水资源短缺的南水北调工程是世界最大的远距离、跨流域、跨省市调水工程，分东、中、西三线工程。丹江口库区移民是中线工程的一个重要组成部分，需动迁安置总人口约 33 万人，其中湖北省 18 万人，河南省 15 万人。

2008 年 11 月，湖北、河南两省开始库区共 2.3 万人的移民搬迁安置试点工作，其中湖北省安排试点移民搬迁 1.2 万人。按计划，湖北于 2009 年 9 月底前结束试点移民搬迁，2012 年底全面完成移民搬迁安置任务。

8 月 20 日一大早，湖北省丹江口市习家店镇封沟村 54 岁的徐家均一家 7 口乘坐镇里的中巴车，搬进了位于荆门市屈家岭管理区的新家。

搬家前一天，妻子刘长芝将所有打包好的物件检查了一遍又一遍。20 多个装有衣被、粮食、农具、锅碗瓢盆等各类物品的大塑料袋码放得整整齐齐。她心里还惦记着家里没来得及卖的 100 多只鸡鸭和没到收割期的 10 多亩玉米地。

徐家均的新居是 160 平方米的二层小楼。他笑着说："虽然有点担心以后收入会下降，但总算搬到平地上来了，行路不用爬坡，交通方便多了。以后能打工就打工，不能打工就种地，当地人种啥我种啥，不会种就学，过日子没有迈不过的槛。"

关门岩村村民周海波和家人，从早上 5 时就起床忙着搬家。

在锣鼓喧天的移民欢送仪式上，周海波披着绶带，戴着红花，笑容灿烂。

在枣阳南城办事处的移民小区，周海波又领大家参观了刚刚搬入的新家。整洁敞亮的二层小楼里，客厅、阳台、卫生间、卧室一应俱全。

周海波说："我对这里的环境很满意。虽然很舍不得故乡，但为了国家南水北调建设，我们愿意尽份力量。现在国家移民政策好了，而且平原地区交通便利，打工、发展的机会也多一些。"

习家店镇龙口村的何大发一家是丹江口水利枢纽一期建设的老移民，他即将搬至荆门的移民新村。

何大发说："龙口村因为比较偏远，又没有公交车，村里的孩子到镇上小学要翻山越岭，步行得走十二三公里路。村里唯一的医生年过六十，打针也看不清楚，大家生病都得到镇上去看，骑摩托车要跑一个多小时，划船得两个小时。"

何大发说："选择搬迁不仅是为了让北方人吃到我们这里的好水，也为了造福子孙后代，让孩子们走出大山，奔个好前途。"

丁新中是中国葛洲坝集团二公司副总经理，也是葛洲坝集团承建的南水北调中线丹江口大坝加高工程项目

部经理。

丁新中说："父辈们当年参加丹江口大坝建设，如今我们又从事大坝加高施工，作为第二代水电建设者，了却他们未了的工程，我感到无比自豪。"

丁新中还在童年时，就曾跟随父亲来到湖北省丹江口市，参与 1958 年开始兴建的丹江口水利枢纽一期工程建设。

丁新中说："父亲在丹江口工作了 13 年，对丹江口大坝有着特殊的感情。离开丹江口 30 多年后，他一直很想回去看看加高后的大坝。可他身患癌症，需要住院放疗、化疗，加上年岁已高，经不起半点折腾，我们只能无奈地拒绝。"

2007 年初，丁新中的父亲病危，临终前还一直念叨："儿子啊，我想去丹江口看看，看看我的老同事，看看加高后的丹江口大坝……"

然而父亲最终未能再看到他牵挂的大坝，这成了丁新中心里永远的痛。

丁新中说："我作为儿子有很多愧疚和遗憾。我深深地知道，丹江口大坝对于父亲那一辈人来说，是光荣与奇迹的交织、汗水与智慧的共融，那是一辈子也无法忘却的回忆。老人对大坝怀有多么深厚的感情！"

丁新中说，由于父辈中许多人都曾参建过丹江口大坝，他的很多同事都是在丹江口出生，仅葛洲坝集团丹江口项目部就有 40 多人。

父母在给孩子起名时，都有一个"丹"字或"江"字，如李建丹、王丹喜、李汉江、赵丹江等。

丁新中说："父辈们对丹江口的情怀至深至厚，也在儿女身上打下了深深的烙印。"

2005 年，丁新中子承父业，再次踏上这座令父辈们魂牵梦萦的丹江口大坝，投入到南水北调中线丹江口大坝加高工程的建设热潮中。

几年来，丁新中先后两次动手术，躺在病床上也未敢对工程管理有丝毫懈怠，他和同事一起钻研攻克新老混凝土粘接技术难题。

面对汉江洪水侵袭，丁新中连续几天几夜不敢合眼，组织抗洪抢险，安全转移物资设备。

他们一起研究各种爆破技术方案，安全实现左岸坝段近距离爆破。

丁新中说："在父辈们梦想起飞、人生起航的地方，我们再来完成丹江口大坝二期工程，延续他们的梦想，这不只是荣誉和机遇，更是一种责任和担当。"

20 日，湖北丹江口市均县镇关门岩村 9 组村民陈明杰和新婚妻子陈燕搬进了位于枣阳市南城办事处移民新村的新家，成为南水北调中线水源地湖北丹江口库区首批外迁移民中的一员。

在得知家里将作为首批移民外迁时，陈明杰和陈燕约定，在动迁前夕举办婚礼，以一种特有的方式与故乡作最后的告别。

18 日，鲜艳的彩旗、大红的喜字、甜蜜的喜糖、幸福的笑脸，22 岁的陈明杰和安徽姑娘陈燕在人们的祝福声中喜结良缘。

陈明杰告诉人们："我和妻子是在浙江打工期间相识相爱的。我们将婚礼选定在全家动迁之前，一是借此机会与老家的亲友们道别，让乡亲们共同见证我们美好的爱情；二是想把故乡的一草一木摄进镜头，作为我们婚姻永远的纪念。"

在告别故乡的最后时光，空气中弥漫着浓浓的乡情和温馨的祝福。欢声笑语中，新郎新娘挽手并肩，接受人们的祝福。

当天，四邻八乡的百余名亲友共聚一堂，为这对新人祝福，也借这顿喜酒为即将远行的陈家送别。

20 日，陈明杰一家和全村其他 24 户移民远迁到了枣阳南城办事处的移民新村，开始了新的生活。

本书主要参考资料

《国史全鉴》 本书编委会编 团结出版社

《共和国要事珍闻》 郑毅 李冬梅 李梦主编 吉林文
　　史出版社

《南水北调建设北京纪实》 焦志忠主编 长江出版社

《大江北去》 梅洁著 北京十月文艺出版社

《南水北调工程建设新闻集》 国务院南水北调工程建
　　设委员会办公室综合司编 中国水利水电出版社